U0019683

童心園

童心園

童心園

童心園

名探偵メクル！

邏輯偵探小揭

七大不可思議謎團

作者／藤田遼
繪者／SANA
譯者／緋華璃

目錄

登場人物介紹

推理後

推理前

小揭

看似到處可見的平凡小學生，可是在解謎這一點上非常厲害！當他撩起瀏海，戴上眼鏡時，就能發揮異於常人的推理能力。卻有點害怕跟女生說話。

千秋

聰明、愛打扮的音樂股長，是美優的好朋友。

美優

千秋的好朋友。似乎喜歡桔平。

夏彥

膽小又老實的男生，偶爾會讓謎團變得更複雜。

桔平

在當地的足球隊大顯身手的足球少年，有著厲害的射門絕招，算術也很強。

紫菀

把時尚看得比什麼都重要的時髦小男生。偶爾會照鏡子照到出神。

目來禮警官

推理能力不怎麼樣，但是非常重情義，偶爾還挺靠得住的警察。

警員部下們

以逮捕怪盜小關為目標，總是圍繞在警官身邊，對工作充滿熱情，有時會偷懶。

怪盜小關

神出鬼沒的怪盜，偷東西前會發出預告，而且從來不會失手。特技是把鎮上搞得雞飛狗跳。

第1章 偵探小揭登場

喔咿喔咿——

警笛聲響徹雲霄，警車停在博物館前。

從車上下來一個穿著風衣的少年。

歐式風格的大門口已經被拉起封鎖線，少年卻暢行無阻的進入。

「小揭，你來啦！」

被稱為小揭的少年走向聲音的來源——目來禮警官。

「目來禮警官，事不宜遲，可以給我看看博物館收到的預告嗎？」

「沒問題。聽說是今天中午釘在博物館的門板上。」

「好醜的字。還有，這些點點是

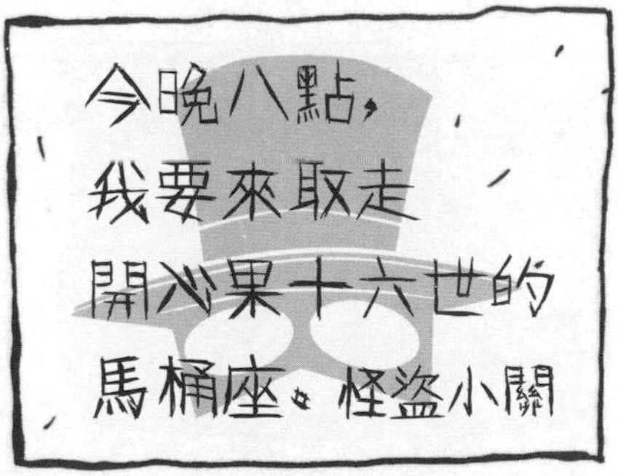
今晚八點，
我要來取走
開心果十六世的
馬桶座。怪盜小關

怎麼回事？」

「嗯……或許是什麼暗號。」

小揭四下張望。

目來禮警官的部下都聚集在博物館的中庭裡，防守得滴水不漏，連一隻貓都別想通過。

「問題是為什麼要偷馬桶座？」

「那可是開心果十六世的馬桶座呀！」

「誰啊？」

「是U字型的馬桶座，還是O字型的馬桶座呢……這應該是破案的關鍵。」

警員們七嘴八舌的搶著發言。

「目來禮警官，你知道今天有哪些車來過博物館嗎？」

「知道。除了警車以外，好像還有送便當的車。」

「原來如此，我知道了！」

小揭撩起瀏海，戴上眼鏡。

小揭將用推理揭開這場追查的序幕……

揭曉真相的時刻！

「怪盜小關是在車上寫下這封預告信。」

小揭的推理令目來禮警官大吃一驚。

「在車上寫的？你怎麼知道？」

「在行駛的車上寫字，會變成什麼呢？」

「我懂了！這些髒點是車身搖晃時，不小心被寫上的。」

目來禮警官一拳擊在掌心裡。

「大概是躲在車上再趁機溜進來，以免留下進入博物館的紀錄。」

「哼！那一定是送便當的車子沒錯。」

「是不是少了一個便當？」

「這麼說來，博物館員工確實說少了一個便當。」

「大概是小關拿的。」

「那傢伙已經潛伏在博物館裡了……」

「可能是先躲起來，打算等到八點再偷走馬桶座。」

「好，再仔仔細細的徹查館內一次！」

目來禮警官對部下做出指示。

「什麼呀！」、「真會使喚人。」、「要上哪裡找人？」、「會不會躲在廁所裡？」、「有多喜歡馬桶座？」、「這裡的馬桶座是U字形。」、「居然對馬桶座這麼講究，這傢伙該不會……」警察員發出各式各樣的碎語。

「快去找！」目來禮警官大喝一聲。

「哇！」警察們不約而同的衝進館內。

「再補充一個推理，字寫得這麼醜，想必也是因為在車上寫。」

「嗯，但願我那群部下能夠快點找到怪盜小關……」

可惜到處都找不著怪盜小關的身影，預告信上寫的時間已經一分一秒的逼近了。

第2章 被偷走的馬桶座

開心果十六世的馬桶座就擺在博物館的大廳。

目來禮警官等人在放置於展示檯上的馬桶座周圍保持高度警戒。

八點整到了。

「根本什麼事也沒發生。」其中一位警察嘀咕著。

咻——

此時，馬桶座突然漂浮起來，撞破玻璃窗，飛了出去。

「飛起來了！馬桶座飛起來了！」目來禮警官大吼。

「象徵開心果王朝歷史的珍貴出土文物飛走了……」

一起監視的考古學家懊惱極了。

「這是詛咒！這是開心果十六世的詛咒！」

館長慌張的從館長室裡跑出來，眼鏡都起霧了。

「館長，你今天不是休假嗎？」考古學家不解的問道。

「喂，你在玩什麼手機！」目來禮警官怒斥躲在角落的部下。

「對不起，我正在看天氣預報。」

「你也太狀況外了。」

「因為今晚好像會下雪。」

那位警員搔著頭，回到同伴身邊，發現馬桶座消失後，露出驚訝的表情。

「這是怎麼回事？」

「你少在那邊慢半拍！」

「目來禮警官，我知道了！」

小揭撩起瀏海，戴上眼鏡。

揭曉真相的時刻！

「館長。」小揭面向館長。

「你只不過是從館長室出來，眼鏡為什麼會起霧呢？簡直就像是直到剛才都還待在室外。」

「呃……那是因為……」館長顯得有點狼狽。

「有道理，太奇怪了。」

在目來禮警官的逼問下，館長乾脆的放棄偽裝。

「居然被你看穿了！小揭。」

怪盜小關露出真面目，同時也讓一切的謎團陷入迷宮。

「你是怪盜小關！」

在目來禮警官的一聲令下，除了還在偷懶的那個警察，其他人全都一起將怪盜小關團團包圍。

「你到底是怎麼偷走馬桶座？」

「恐怕是從窗外拉走用釣魚線綁住的馬桶座。」

小揭代為回答目來禮警官的疑問。

「那真正的館長上哪兒去了？」考古學家問道。

「呵呵！我送給他音樂會的門票，他便毫不懷疑的上勾了。館長一旦請假，這裡就是我的天下了。」

「你這傢伙！」目來禮警官火冒三丈的叫罵。

「而且為了熱愛古典音樂的館長，我還準備了位置最好的票給他。」

大家都對怪盜小關莫名其妙的貼心感到一頭霧水。

這傢伙到底是好人還是壞人呢？

「再見啦！」

怪盜小關縱身一躍，逃進博物館深處。

第3章
找出怪盜小關

小揭等人追著怪盜小關，在館內搜尋他的去向。

「居然躲在博物館裡，真棘手。」小揭小心翼翼的左顧右盼。

「沒錯，這裡有太多地方可以藏身了。」

目來禮警官掀開陳列在展示室裡的開心果八世的便盆，

進行地毯式的搜索。

沒多久，小揭一行人來到恐龍標本區。

「好大啊！」

「這是什麼玩意兒。」

「少廢話，快去找怪盜小關。」

看到恐龍的標本，警察們七嘴八舌的討論著。

「好像也不在這一區……」

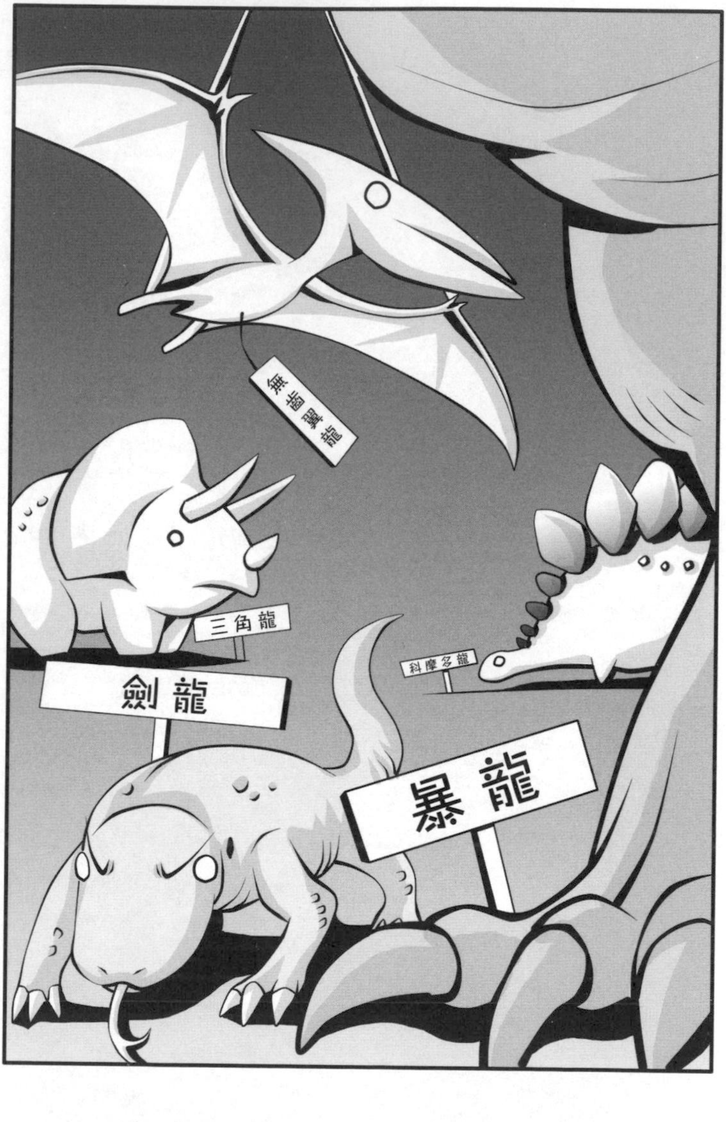
無齒翼龍
三角龍
劍龍
科摩多龍
暴龍

目來禮警官已翻遍每一個角落，打算去下一區檢查。

「請等一下，我知道真相了。」

「只要戴上那個圓滾滾的眼鏡，就能進行推理嗎？」

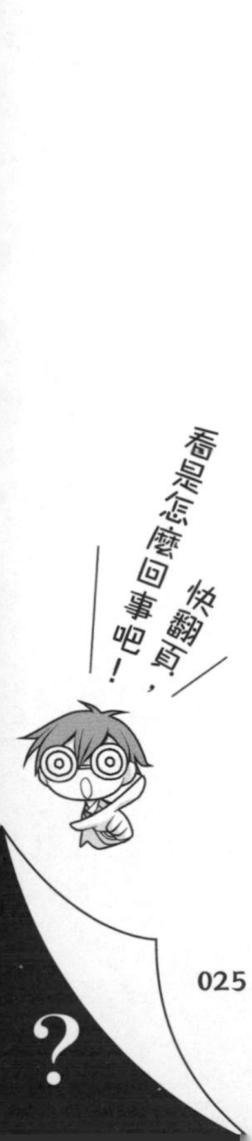

揭曉真相的時刻！

「科摩多龍不是恐龍！」小揭指著科摩多龍。

應該是模型的科摩多龍居然動了起來。

「經你這麼一說，倒也是呢！那明明是巨蜥！」目來禮

警官走向科摩多龍。

被警官直勾勾的盯著看，科摩多龍撲簌簌的發起抖來。

「動了！它動了！」

「搞什麼鬼，好可怕！」

「冷靜點，那是怪盜小關！」

部下們七嘴八舌的大聲嚷嚷。

唰！

怪盜小關脫下科摩多龍的玩偶裝，露出真面目。

「可惡，只買得到這個，我也是千百個不願意呀！」

「就是現在！抓住他！」

目來禮警官一聲令下，部下們一同撲向小關。

霹靂啪啦！乒乒乓乓！咿咿呀呀！

「終於抓到小關了，我們真了不起。」

部下們歡欣鼓舞，彷彿已經立下大功。

「一群蠢蛋！那是便盆！」

目來禮警官一語道破，他們才發現自己抓住的是開心果八世的便盆。

「討厭啦！」

「每次都被當成猴子耍。」

「真不甘心！」

「我還不能被你們抓住呢！」

怪盜小關以迅雷不及掩耳的身手，繼續往博物館的深處逃竄。

第4章 密道藏在哪裡？

「目來禮警官，我們又回到中庭了。」部下一臉遺憾。

小揭一行人追逐怪盜小關，不知不覺又回到中庭。

「太奇怪了，活生生的人不可能像一陣煙似的消失。」

「就是說啊！」

所有人都偷偷瞥向小揭。

小揭嘆了一口氣，咬著用巧克力做的煙斗說：

「不要光依賴我，各位也訓練一下推理能力如何？」

「小氣鬼。」

「竟然要我們推理……」

抱怨聲此起彼落，但小揭不推理了，警官和部下們也只好努力在中庭搜索。

「我覺得那座石像很可疑。」目來禮警官指著在中庭的石像。

「我覺得這個便盆很可疑。」部下之一高高的舉起便盆。

「怎麼又把那個帶來！」目來禮警官大為傻眼的埋怨。

「我認為只有一根樹枝長向另外一邊的樹很可疑。」

另一個部下指著中庭的樹說道。

「呵呵呵，我認為問題出在天上。小關乘著氣球從空中逃走了。」

大家都對這個部下的推理佩服得五體投地。

「言之有理！」

「這裡確實是盲點。」

「原來還有逃向空中的辦法。」

「嗯哼，看來就快找出真相了。」

小揭吃完巧克力煙斗，慢條斯理的戴上眼鏡。

揭曉真相的時刻！

「這棵樹很不自然。」小揭用力的推某棵樹。

啪噠！

就像芝麻開門似的，樹連同地面一起打開，眼前出現往地下延伸的通道。

「小揭，你怎麼知道這裡有條通道？」

「種在同一個地方的植物會受到日晒及強風的影響，所以會長得大同小異。所以，只有一棵往不同的方向生長，就顯得很不自然。」

「原來如此。」

「大概是小關打造這條祕密通道時，不小心種反了。」

「哼！正好露出破綻了！」

「沒錯，小細節可不容忽視。」小揭帶著一絲驕傲的聲音，對著目來禮警官和他的部下說。

「很好，這次一定要抓到小關！」

目來禮警官一聲令下，大家一起湧入通往地下的密道。

第5章
黑暗中的推理

小揭等人小心翼翼的在伸手不見五指的黑暗中前進。

在這麼暗的情況下，什麼也看不見。

「好黑。」

其中一位部下的自言自語，聽起來就像迴盪在隧道裡的聲音。

「請注意腳下。」

小揭的話才剛說完，另一位部下就尖叫起來。

「哇啊！我不曉得踩到什麼了。」

「別擔心，是我身上的布偶裝尾巴。」

目來禮警官說得臉不紅、氣不喘。

「為什麼要帶著小關的玩偶裝？」

「不只帶著，還穿上了。」

「毛茸茸的，穿起來很舒服吧？」

「目來禮警官熱愛玩偶的程度在警局裡已經無人不知、無人不曉了！」

警察們為了消除緊張感，一邊聊天一邊前進。

「請等一下！」小揭驚慌失措的說。

「小揭，怎麼了？」

「目來禮警官，我發現到一件很嚴重的事。」

揭曉真相的時刻！

「為什麼會有人知道那件玩偶裝穿起來毛茸茸的呢？」

所有人馬上反應過來，怪盜小關就混在他們之間。

「這麼說來，確實有問題！這傢伙就是小關！」

「才不是！目來禮警官，是我啦！」

部下熟悉的嗓音讓目來禮警官趕緊收回拳頭。

「抱歉！那是這傢伙嗎？」

「好痛！你在抓哪裡？」

黑暗之中，目來禮警官找不到藏匿其中的小關，倒是幾個部下無辜的被打了幾拳。

「總而言之，先找到出口吧！」小揭建議。

大家手忙腳亂的在通道上狂奔，跑了一段路之後……

啪噠！

眼前的門突然被打開，所有人如疊羅漢似的往前仆倒，才發現通道盡頭是緊鄰著博物館的海邊，月光照亮了夜晚的海洋。

「哈哈哈！」

海面傳來一陣笑聲，怪盜小關已經坐在汽艇上。

「我玩得很開心，小揭，後會有期！」怪盜小關舉起馬桶座說道。

「哥！」小揭悲痛的大喊。

什麼？怪盜小關是小揭的哥哥！

這可讓大家都驚呆了！

「你為什麼會變成怪盜呢？」

海浪聲蓋過了小揭微弱的質問。

馬桶座在月光的反射下閃閃發亮。

第6章 七大不可思議之一——走動的骸骨之謎

小揭是就讀於翻頁小學的學生，所以也沒那麼多時間一直當怪盜的對手。

某個寒冷的早晨，小揭走進教室，發現有一群男生正在吵鬧。

「是真的啦！可怕的骸骨在走動！」

同班的夏彥故意以裝神弄鬼的口吻說。

「小揭，你來得正好。聽說自然教室的骸骨會走路，你怎麼看？」

總是很時髦的紫菀，轉過頭問小揭。

紫菀是個非常愛漂亮，說話腔調也有點高亢的男生。

「可以從頭說起嗎？」

「沒問題！昨天放學後，我發現筆記本還留在自然教室裡，只好回去拿。拿回筆記本，正要回家的時候，感覺背後好像有人在看我……」

「嗯。」

「等我離開教室，在走廊上的時候，背後傳來『喀嚓、喀嚓』的腳步聲！」

「好可怕！」紫菀摀住耳朵。

「我嚇壞了，直接衝去找老師報告，可是被老師笑著打發掉了。說不定學校已經受到詛咒了。」

「原來如此，我知道真相了。」
「啊，擺出平常的招牌姿勢了！」

揭曉真相的時刻！

「夏彥，你怎麼知道『喀嚓、喀嚓』的腳步聲是骸骨發出來的？」

聽見小揭的問題，夏彥的表情都僵住了。

「那是因為……如果說自然教室有什麼動起來會發出那種聲音的東西，就只有骸骨了。」

「不對，自然教室還有人體模型吧？你為什麼不覺得是人體模型呢？」

夏彥無言以對。

「有道理。」紫菀頻頻點頭。

「我不是懷疑夏彥，只是你明明沒看見，卻一口咬定是骸骨，有點奇怪。」

紫菀都這麼說了，夏彥終於據實以告。

「老實說，其實是有人要我調查七大不可思議之一，也就是自然教室裡走動的骸骨之謎。」

夏彥說完，小揭等人都是一頭霧水的樣子。

「我們學校有那種傳說嗎？」

「有啦！」夏彥從書包裡拿出一本陳舊的書。

封面印著「翻頁小學七大不可思議」。

「那個戴著面具的人告訴我，如果能解開七大不可思議之謎，就給我名偵探的徽章！不過，那個人身上有股廁所的味道……」

「我知道那個人是誰，一定是怪盜小關，對吧？」

怪盜小關到底想對這所小學做什麼？小揭不由自主的感到不安。

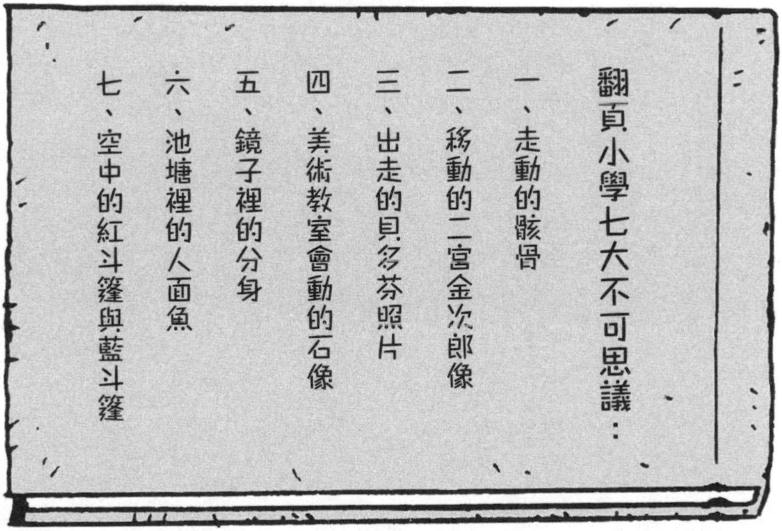
翻頁小學七大不可思議：
一、走動的骸骨
二、移動的二宮金次郎像
三、出走的貝多芬照片
四、美術教室會動的石像
五、鏡子裡的分身
六、池塘裡的人面魚
七、空中的紅斗篷與藍斗篷

第7章

七大不可思議之二——

移動的二宮金次郎像

終於到了眾所期待的午休時光。

小揭和同學衝到操場上想玩鬼抓人，卻發現東門那邊，不知怎麼的吵成一團。

「我真的看見了！」

隔壁班的班長正對老師大吼大叫。

「出了什麼事？」

「小揭，你來得正好。」

級任老師八村一臉看到救星似的。

老師們也都非常看重推理能力優秀的小揭。

「隔壁班的班長說他看到石像移動了。」

學校的東門旁邊，有座一邊走路一邊讀書的二宮金次郎石像。

最近新插了一根「不要邊走邊玩手機」的警示牌，導致二宮金次郎看起來也有些無地自容的樣子。

接著，班長娓娓道來當天發生的事。

「那天因為開班會，所以比較晚回家。快走到東門的時候，感覺有點不對勁。只見石像腳下向我延伸的影子，竟然陰森森的動了起來……」

說完，班長害怕的抱著頭。

「移動的二宮金次郎像……又是七大不可思議！」夏彥

插嘴。

「對！這一定是受到詛咒了。」

八村老師是會把一切都推給傳說和詛咒的個性。

「原來如此，我知道真相了。」

「哇！這次是星形的眼鏡！」

夏彥看著小揭的星形眼鏡歡呼。

揭曉真相的時刻！

「明明是傍晚，為什麼影子會從東門那邊延伸呢？」

小揭開門見山的直指問題核心。

「啊！好奇怪。」八村老師也發現事情有異。

太陽往西方沉沒，所以傍晚的時候，影子不可能從東邊延伸過來。

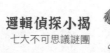

「班長，你為什麼要說謊？難道你受到詛咒了？是你嗎？如果是的話，就得帶你去收驚才行。」

八村老師說的話完全可以讓他丟掉教師這個工作。

「對不起！其實是有人告訴我，要是能解開七大不可思議之謎，就送我黃金馬桶座……」班長老實的鞠躬道歉。

「小揭！這該不會是同一個人做的！」夏彥驚訝的掩住嘴巴。

「看樣子，怪盜小關在學校散布了七個不可思議之謎。」

「他究竟有什麼企圖？」

「我也不知道，需要再多一點線索才能判斷。」

在怪盜小關不按牌理出牌的行動面前，小揭的推理能力也英雄無用武之地。

「抱歉，我花了一點時間將頭髮吹捲，來晚了。」

紫菀姍姍來遲。

「你這小子！我不是說不准帶吹風機來學校嗎！」

八村老師一如既往的數落紫菀。

第8章 七大不可思議之三——出走的貝多芬照片

「哇啊——」

音樂教室裡傳來紫菀的尖叫聲。

「貝多芬的照片消失了！」紫菀指著黑板上方，那裡掛著知名音樂家的照片，其中唯有貝多芬的照片不翼而飛。

「是誰在惡作劇？」

音樂股長千秋很生氣。

「出走的貝多芬照片……又是七大不可思議傳說！」夏彥苦惱的抱著頭。

「不如換上校長的照片？」

「嗯……我覺得馬上就會穿幫了。」

「可是以前的音樂家，像是莫札特或巴哈不都戴著假髮嗎？」

「也是呢！反正校長的頭髮也……」

大家七嘴八舌的發表意見。

「那不是照片，而是肖像畫。」

桔平洋洋得意的說，他是小揭的好朋友。

「是嗎？原來是這樣。」千秋很佩服。

「我知道真相了。」小揭撩起瀏海。

「咦？你已經知道真相啦？這次是心形的眼鏡……」

夏彥狐疑的看著小揭。

揭曉真相的時刻！

「桔平，你怎麼知道那原本是肖像畫？這一點就連音樂股長也不知道。」小揭單刀直入的問他。

「那是因為我很喜歡音樂……」桔平說是這麼說，但臉色變得蒼白。

「可是你音樂課的成績一向很糟。」千秋一臉不敢苟同。

「咦？你怎麼會知道。」

「我可是音樂股長。」

「可惡，知道了啦！是我做的。」

桔平不情不願的拿出藏在黑板後面的貝多芬肖像畫。靠近一看，那確實不是照片，而是畫得非常精細的畫。

「真是的，桔平，你為什麼要做這種事？」

「抱歉，千秋。那個人要我用七大不可思議來復興這座城市。你也知道，我最喜歡這個地方了。」

「用七大不可思議來復興這座城市……我覺得不太可能。」小揭側著頭說。

「一定沒問題的，大家都很喜歡不可思議的事，已經有不少人在關注傳說了，不是嗎？」

「這倒也是。」

「最近不可思議的事越來越少，我們的少年偵探團也閒著沒事做。」

小揭與幾位好友組成少年偵探團，專門負責解決學校裡發生的謎團。

「就算是這樣，也不能這麼做啊！」

千秋一臉被他打敗的表情。

第9章 情人節事件

在寒冷的早晨，小揭一走進教室就感到裡面充斥著與平常不同的氣氛。

「真令人緊張，今天是情人節啊！」

夏彥一臉飄飄然的說。

「這種事不用特地說出來。」

小揭冷靜的回應，但其實也有點心浮氣躁。

「桔平，可以來一下嗎？」

同班的美優帶桔平到走廊上說話。

「看起來桔平是她的真命天子呢！」

放學後，小揭收到千秋送的友情巧克力，還附上一句話。

「我要新大谷飯店的王子餅乾當回禮。」

第二天早上，桔平一臉緊張的走向美優的座位，而小揭和其他同學在一旁看好戲。

「謝謝你昨天送的巧克力，但是……你的廚藝太差了。」

「什麼？」美優錯愕的猛眨眼睛。

「雖然很講究的撒上糖粉，可是味道好奇怪。你沒有先試吃嗎？」

「你說得也太過分了吧！」

千秋氣沖沖的與桔平爭論起來。

小揭也看不下去，插嘴詢問桔平。

「桔平，你昨天回到家以後，是不是曾經把書包放在暖和的地方？」

「嗯……我回家都是把書包放在電暖器的旁邊。」

「好的，我知道怎麼回事了。」

揭曉真相的時刻！

「請看這邊！」小揭拿出一片巧克力。

「這是我給你的巧克力，你還沒吃？」

千秋一臉不可思議的問道。

「我想留下來好好享用……啊！這不重要，請看這裡寫著注意事項。」

巧克力的包裝紙後面寫著：「表面可能會因為劇烈的溫度變化，出現泛白結晶的現象。」

「這叫『霜化現象』。指的是巧克力忽冷忽熱的話，表面會出現泛白結晶，味道也會變質。」

「所以，會變成這樣是因為桔平把巧克力放在電暖器旁邊。」千秋不滿的說。

「原來如此。美優，對不起，是我誤會了。可以請你再為我做一次巧克力嗎？」

桔平搔搔頭，向美優道歉。

「才不要。」美優把頭撇向一邊。

「隨便出口傷人、批評別人廚藝差勁的男生太糟糕了，你先去重修說話的藝術吧！」千秋說道。

「千秋說得對！明年改送他友情巧克力吧！」

美優終於笑了出來。

第10章

七大不可思議之四——美術教室會動的石像

某個下雪的日子，小揭把千秋送的巧克力當成幸運符，放在口袋裡，去學校上課。

當學校映入眼簾，不知道怎麼了，校門口聚集了一大群人。其中也看到目來禮警官的身影，他正在和部下說話。

「目來禮警官，你怎麼來了？」

「小揭，你來得正好。你看那邊……」

目來禮警官指向操場正中央，只見那裡倒著一座石像。

「那是什麼？」

「是七大不可思議之一的『美術教室會動的石像』。」

一旁的紫苑代為回答。

「原本以為是有人惡作劇，可是積雪的操場上，一個腳印都沒有，或許是幽靈作祟也說不定，我們正在調查。」

「我要上傳到網路。」

紫菀拿出智慧型手機，不停的猛拍照片。

「你這小子，不准在學校裡使用手機！」八村老師大罵。

「老師，你的指甲怎麼破破爛爛的，我帶了指甲油，要擦嗎？」

「也不准擦指甲油！等到放假的時候再擦！」

紫菀從來不把校規放在眼裡，就連老師也拿他沒輒。

「嗯哼！我知道真相了。」

「真的嗎？」

「你看那邊，石像旁邊是不是有一條像線的痕跡。」

揭曉真相的時刻！

「犯人用繩索穿過石像的手臂，綁在校園的樹上。」

「有道理，這麼一來就能用繩子拖動石像了。」

「沒錯，大概是利用校園的樹木做施力點，藉此讓石像滑動到操場的正中央。」

「如果是這樣的話，要怎麼收回繩索？」

目來禮警官對小揭的推理產生疑問。

「關於這一點，只要用繩索繞兩圈就能解決了。將石像移動到操場的正中央後，只要拉扯繩子的其中一頭，就能收回繩索。」

「那條線原來是收回繩索時留下的痕跡啊！好，去檢查校園裡的樹！」

部下們發現樹枝有被繩索摩擦的痕跡。

「就是這個！感覺就像是看到了幽靈的真面目。」

「案件解決了，謝謝你。改天見，小揭。」

「等一下。」小揭叫住正要撤退的目來禮警官。

「石像很重，要用繩索搬運，想必不是一件容易的事。話說回來，八村老師，你的指甲為什麼會變得破破爛爛？」

小揭追問，八村老師嚇了一跳。

「這麼說來，老師怎麼沒像平常一樣，將這件事歸咎於詛咒呢？」

聽到紫菀的話，所有人的視線都落在老師身上。

「被你看穿了……小揭！」

怪盜小關乾脆的放棄偽裝，露出真面目。

「又是你，怪盜小關！」目來禮警官大吼大叫。

「哥……小關！你為什麼要這麼做？」小揭問道。

「嘿嘿！我只是想用各種謎團，把世界搞得雞犬不寧！」

怪盜小關留下莫名其妙的回答之後，從斗篷裡釋出一陣煙，消失在煙霧裡。

第11章 七大不可思議之五——鏡子裡的分身

「小揭，你快來！」

桔平大喊大叫，小揭聞聲來到走廊盡頭的樓梯前。

「到底有什麼大事？」

「夏彥為了調查七大不可思議之謎……」

夏彥竟然四腳朝天，倒在樓梯間的大鏡子前面。

「你沒事吧？」小揭扶起夏彥。

夏彥瞪大雙眼，喊道：「出現了……分身出現了！」

他一臉鐵青、驚魂未定的指著鏡子。

「鏡子？」

小揭望向大鏡子，似乎沒有任何異狀。

這面鏡子是七大不可思議之一，傳說在下午四點四十四分照這面鏡子，鏡子就會映照出人的分身。

萬一看到自己的分身，那個人就會死掉。

「嗯，就只是普通的鏡子，沒有任何問題。」

小揭掏出放大鏡，檢查掛在樓梯間的鏡子。

「咦？這裡有一條線。這是什麼線？」

小揭發現鏡子表面有一條垂直延伸的線。

「呵呵，這次換我來解開這個謎團。」

紫菀站在遠處觀察眼前的騷動，自信的對小揭說。

「你已經知道答案了嗎？」

「沒錯！這所學校籠罩在一個巨大的謎團裡，我們的任務就是要解開這個謎團。」

「那就讓我見識一下你的本事吧！」

揭曉真相的時刻！

「各位知道三面鏡吧？就是化妝用的鏡子，可以同時照出正面和左右兩邊的側臉。」

紫菀一邊說道，手一邊伸向鏡子。

「只要有兩面鏡子，就能製造出鏡子裡的自己和另一個自己。」

耳邊傳來「喀嚓」一聲，鏡子從那條線的地方彎折，變成兩面鏡子。

「還有這種機關啊！」桔平佩服的說。

兩面鏡子各自從正面和側面，映照出兩個紫苑。

原來這就是分身的真面目啊！

「為什麼要搞得這麼麻煩？」小揭似乎有點不太服氣。

「呵呵。」小揭的疑問引來紫苑的輕笑。

紫苑也不解釋，自顧自推開有如門般的鏡子，後面則是一條鑿穿牆壁的樓梯，露出陰暗的入口。

「隱藏的樓梯！這裡居然藏著這樣的密道。」小揭恍然大悟。

「走吧！我們少年偵探團一定要解開這所學校的所有謎團！」桔平興奮的喊。

正當一群人準備走進密道時……

「啊！我還要補習……」

夏彥一臉緊張，突然背起書包，就要離開的樣子。

「那就明天見啦！再見。」紫菀朝他揮手。

紫菀的優點就是不會把自己的想法強加在別人身上。

第12章 七大不可思議之六——池塘裡的人面魚

小揭、紫菀和桔平慢慢走下陰暗的樓梯。

密道伸手不見五指，什麼都看不見，只有三人的腳步聲迴盪在陰森森的空間裡。

「到底會通到什麼地方啊？」

桔平的聲音在洞窟裡來回穿梭。

「小心一點，不要走散了。」

「那……要不要來說鬼故事。」

「桔平，那什麼那，鬼你個頭啦！」

「才不要！」紫菀的拒絕聽起來格外大聲。

「嘿嘿！以下是我參加完足球社的社團活動時真實發生的事件，那天我在

操場上收東西要回家的時候，看見有個年紀和我差不多的人站在操場正中央，那模樣簡直就像即將開始比賽了。」

桔平說到這裡，語氣變得心驚膽跳。

「可是……比賽早已經結束，太陽就快下山，球隊的人好像都沒有注意到他。我走向他，發現那傢伙穿著釘鞋的腳居然是透明的……」

「哇啊！」紫菀的尖叫聲響徹雲霄。

「嘿嘿！以上是我遇到的鬼故事。」

「好可怕。」紫菀以顫抖的聲線說道。

「嗯……這真是太可怕了呢！」

小揭帥氣的撩起瀏海。

揭曉真相的時刻！

「桔平，很多學校都是高年級或升上國中以後，踢足球的時候才會穿釘鞋。我們這所小學也不例外。」

小揭毫不留情的揭穿他。

「呃！」桔平被說得啞口無言。

「明明是足球社的人，怎麼可能不知道這一點呢？」

「說的也是！這太奇怪了！」紫菀附和道。

「哈哈哈！又被你看穿了……」

唰！砰！

耳邊傳來甩掉變裝的聲音與撞到頭的聲音。

「好痛啊……」

「活該，誰叫你要在這麼暗的地方跳來跳去。」

「少囉嗦！你給我記住！」

耳邊傳來怪盜小關手忙腳亂要離去的聲音。

「好機會！站住！小關！」

紫苑立即追向小關，小揭無可奈何的也跟了上去。

當前方隱約可見出口的光線時……

撲通！紫苑和小揭兩人掉進學校後方的池塘。

「你們在做什麼？」

正牌的桔平就站在池塘邊，目瞪口呆看著兩人。

「討厭啦！變成落湯雞了。」

「嗯哼，我知道七大不可思議之一——出現在池塘裡的人面魚的真相了。」

小揭甩了甩溼漉漉的腦袋說。

「什麼意思？」

「我們之中不是有人解開了鏡子的謎團嗎？散布傳言的那個人也掉進池塘裡，正打算散布池塘出現人面魚的謠言。」

第13章 七大不可思議之七——空中的紅斗篷與藍斗篷

喔咿喔咿喔咿——

警車聲響大作的停在校門口。

「那傢伙真的出現了嗎？」

目來禮警官下了警車，趕忙問校長。

「真的！他還偷走了我的假髮！」

校長握緊預告信，氣得臉都紅了。

目來禮警官和他的部下面面相覷，所有人都一頭霧水。

「請看屋頂！」

小揭指向學校的屋頂時，紅色的懸掛式滑翔翼正從屋頂上起飛。

「哇哈哈哈！」

怪盜小關乘著懸掛式滑翔翼，手裡的假髮迎風飄揚。

「我出的謎題很難吧！最後再讓你們見識一下紅色斗篷和藍色斗篷的謎團！小揭的話，應該已經知道真相了吧？」

懸掛式滑翔翼飛向黃昏的天空。

「那是七大不可思議之一，放學後才會出現的紅斗篷和藍斗篷。」

夏彥指著空中的紅色懸掛式滑翔翼。

「紅斗篷和藍斗篷的傳聞，其實就是小關搭乘的懸掛式滑翔翼。」

小揭等人衝向屋頂，屋頂上有一架藍色懸掛式滑翔翼。

「很好，輪到少年偵探團出馬了！」

桔平就要跳上藍色懸掛式滑翔翼。

「等一下！這裡應該要猜拳決定吧！」

小揭想起少年偵探團成員猜拳的習慣……

桔平會先出石頭，如果平手，會繼續出石頭。而紫菀會先出剪刀，如果平手，再出布或石頭。

揭曉真相的時刻！

先出石頭，再出布，小揭取得勝利，得以乘坐懸掛式滑翔翼。

咻——

小揭往架設在屋頂周圍的護欄一蹬，躍向空中。

在山間落下的夕陽餘暉中，見到了怪盜小關的身影。

「哥！」

小揭朝怪盜小關大喊：「你為什麼要做出這麼多令人困擾的事情？為什麼會變成怪盜？」

「呵呵。」

怪盜小關的影子似乎回頭看了小揭一眼。

「我最喜歡用謎團把世界搞得天翻地覆了，只是這樣而已。沒有謎團的小學不是很無聊嗎？」

「你到底在說什麼呀……哎呀！」

突然有什麼東西迎面而來，直接蓋在小揭臉上，擋住他的視線。

原來是校長的假髮！

小揭被擾亂，沒辦法好好操縱滑翔翼，整個人大幅傾斜。

懸掛式滑翔翼因為無法順風而行，倒栽蔥的往下掉……

不一會兒，流經市區的河流激起又高又大的水柱。

第14章 少年偵探團前進巴黎

大批警車停在位於法國的巴黎美術館前。

小揭喊了目來禮警官一聲，而紫菀和桔平也在他旁邊，他們利用暑假前往巴黎。

「目來禮警官！」

「小揭，你來啦！」

目來禮警官放鬆了緊繃的臉部線條。

「旁邊那兩位是你的同學嗎？」

「是的。他們是少年偵探團的紫菀和桔平，負責協助我調查。」

「真的嗎？那真是太可靠了！」

打完招呼後，小揭立刻切入正題。

「這是怪盜小關昨天送來的預告信。」目來禮警官取出一張紙。

「這就是預告信？沒有貼郵票，所以是親自拿來嗎？」

桔平拿起預告信，甩了甩。

「Bonjour！各位就是來自日本的偵探團嗎？」

迎面而來的是這間博物館的館長。

「是的。藝術之都——巴黎，就交給我們來保護。」

紫苑抬頭挺胸的回答。

「我知道小關會從哪裡來了。」

小揭撩起瀏海，一副自信滿滿的樣子。

預告信

Buon Giorno ！

我將來取走巴黎美術館

「坐在馬桶上思考的人」

石像！

怪盜小關

揭曉真相的時刻！

「小關大概會從天上來。」小揭抬頭仰望天空。

「你怎麼知道？」

「因為預告信沒有貼郵票，可以推理是由小關直接送來的。『大家好』的法文是『Bonjour』，而『Buon Giorno』則是義大利文。如果他是搭電車或公車前來，聽到周圍的人打招呼，應該會發現自己搞錯了。」

「難道不會是開車來嗎？」

「他還未成年，所以不能開車，目前只有可能是從天上來了。」

「嗯……那是搭飛機嗎？」

「這裡沒有可以讓飛機降落的空間？」桔平側著頭說。

「總之，大家全面注意空中！」

目來禮警官一聲令下，部下全都手忙腳亂的開始監視。

沒多久，雲層之間出現圓形的東西，是一個巨大氣球，而且還越來越靠近美術館。

「喂！警官，快想想辦法！」館長驚慌失措的抱著頭。

「你們快用扇子搧風，改變氣球的方向。」

「看我把氣球打下來！」

砰！

桔平踢出的足球成功的貫穿了氣球。

氣球爆破，怪盜小關往美術館的庭園墜落。

第15章
被盯上的藝術作品

消風乾癟的氣球和附在氣球上的籃子散落在美術館的庭園裡，唯獨不見怪盜小關的身影。

「糟了！那傢伙好像逃入館內了！」

目來禮警官和部下趕緊衝進美術館，少年偵探團等人也隨後跟上。

就這樣，所有人都到了美術館的大廳。

「這就是『坐在馬桶上思考的人』啊！」

小揭仰望展示在大廳裡的石像，這座石像表現出人類就算上廁所也不忘思考的模樣，是很有名的藝術作品。

「看來還沒被偷走，絕不能掉以輕心。」

目來禮警官叫來美術館的研究員，這位研究員是負責在美術館或博物館管理珍貴展示品的專家。

「請你檢查一下這座『坐在馬桶上思考的人』有沒有被調包？」目來禮警官如此問道。

研究員仔細的檢查石像，用手確定觸感。

「沒問題，目來禮警官。這座『坐在馬桶上思考的人』是如假包換的本尊。」

研究員拍胸脯保證。

「既然如此，就表示那傢伙還躲在館內。」

「會不會扮成石像了？哎呀！都沒穿衣服呢！」

紫菀一一檢查陳列在大廳裡的石像。

「嗯，我知道真相了。」

小揭撩起瀏海，這次戴上了星形的眼鏡。

揭曉真相的時刻！

「那邊的研究員。」小揭開口叫住那位研究員。

「你就是小關吧？」

「你胡說八道什麼！我明明按照目來禮警官的吩咐，仔細的檢查過了。」

「研究員可是專家，怎麼可能不戴手套就去摸珍貴的美術品。」

「又被你看穿了……」

再次被小揭堵得說不出話來，怪盜小關放棄偽裝，露出真面目。

唰！

「就是現在！抓住他！」

目來禮警官一聲令下，部下一同撲向怪盜小關。

霹靂啪啦！乒乒乓乓！咿咿呀呀！

「一群蠢蛋！那是馬桶！」

曾幾何時，一夥人合力抓住的竟然是「坐在馬桶上思考的人」的馬桶。

「重蹈覆轍可是搞笑的基礎呢！再見啦！」

怪盜小關踩著輕快的小跳步，逃之夭夭。

第16章 誰是謊話俱樂部會員？

小揭一行人追著怪盜小關進入館內，但眼前走道分別往左右兩邊岔開。

「唔，出現岔路了。」

「小關逃往哪一個方向？館內看起來也沒有地方可以躲……」紫菀茫然的說。

「越是這種時刻，腳踏實地的打聽更顯得重要。」

目來禮警官詢問戴著帽子、正在看畫的大叔。

「我沒看到那個人。」大叔回答。

目來禮警官接著又問站在大叔附近的紅髮女子。

「如果是動作敏捷的小孩，往左邊跑走了。」女人回答。

「很好！是左邊！那小子已經是甕中之鱉了！」

就在目來禮警官和部下們正要衝向左邊的走道時。

「請等一下！」

紫菀拾起掉在地上的胸章。

「這是什麼？」

「那不是謊話俱樂部的胸章嗎……」

「那到底是什麼俱樂部？」

「謊話俱樂部的成員只會說反話。」

「也就是說，萬一那個女人是謊話俱樂部的成員，小關就是逃往右邊。」

「糟糕，現在該怎麼辦？」

「嗯哼，只要找出誰是謊話俱樂部的成員就可以了，我已經知道是誰了！」

揭曉真相的時刻！

「嗯……大叔才是謊話俱樂部的成員，小關應該是如女人所說，往左邊逃跑了。」

「你怎麼知道大叔才是謊話俱樂部的人呢？」

「仔細來想想看，倘若女人是謊話俱樂部的會員，小關應該往右邊逃跑，可是大叔卻說沒看到，這不是很矛盾嗎？」

「也對。但是也有可能胸章是別人掉的，他們兩個都不是謊話連篇俱樂部的會員。」

「如果是那樣的話，『往左邊跑走了』和『沒看到那個人』的回答依舊矛盾。」

「嗯，會不會只是大叔沒留意到？」

「這麼說倒也是……」

小揭想了一下，又問大叔一個問題：

「叔叔，如果有人問你是不是謊話俱樂部的成員，你會回答『不是』嗎？」

「嗯……不會。」大叔搖頭。

「小揭，這個問題是什麼意思？」

「這很簡單。因為謊話俱樂部的成員只會說反話，因此問他『請問你是謊話俱樂部的成員嗎？』不管是不是成員，都一定會回答『不是』。所以要問他會不會回答『不是』就行了。」

「呃……可以請你用圖解說明嗎？」

目來禮警官拿出記事本。

「這不重要，重點是要抓住怪盜小關吧！左邊的走道前方有間特別展示室，快走吧！」桔平迫不及待的說。

第17章 便盆的理論

「那小子就在這個房間裡。」

目來禮警官打開寫著「特別展示室」的門。

房間的正中央放著展示用的檯子，上頭擺著五個便盆。

展示牌上寫著：「開心果王朝的興衰：從便盆了解古代的歷史」

「這是開心果一世到五世的便盆，難道那小子就躲在這裡面嗎？」

目來禮警官正要掀開便盆的蓋子。

「請不要徒手摸美術品。」館員阻止目來禮警官。

「目來禮警官，先詢問周圍的人吧！」

目來禮警官接受小揭的建議，帶領部下向特別展示室裡的人打聽調查。

A：「我不知道。我在看一世的便盆，沒有人進來。」

B：「嗯……好像有人打開了不曉得是二世還是三世的便盆。」

C：「我在寫三世到五世的便盆報告，沒看到任何人。」

D：「有人鑽進一世的便盆。」

E：「我覺得應該沒有人進來，不過四世和五世的便盆在考古學上並不重要，所以我沒仔細看。」

「嗯哼，我知道真相了。」

聽完他們的回答，小揭戴上眼鏡。

揭曉真相的時刻！

「嫌犯就是說『有人鑽進一世的便盆』的人。」

小揭豎起食指，指向那位民眾。

「只有你說的話與其他人的說詞矛盾。」

「小揭，這是為什麼呢？」

「目來禮警官，假設『有人鑽進一世的便盆』這句話是謊言，其他四人的證詞就沒有破綻了。」

「可惡……你每次都破壞我的好事！」

唰！

怪盜小關再次放棄偽裝，露出真面目。

「你說的沒錯！我其實是躲進二世的便盆，變裝以後才出來！」

「館員都沒有制止你嗎？」桔平不解的側著頭問。

「他在玩手機。」

正在偷懶玩手機的館員被紫菀逮個正著，若無其事的收起手機。

「怪盜小關，束手就擒吧！」

目來禮警官和他的部下們一步一步的逼近怪盜小關。

「我還不能被你們抓住呢！」

噗咻！

開心果二世的便盆裡冒出黃色的氣體。

「是開心果二世的詛咒！」

「好怪的味道！」

「救命啊！」

怪盜小關趁著一片混亂，飛也似的逃走了。

第18章 誰最可疑？

「真糟糕，已經搞不清小關那傢伙到底逃到哪裡去了。」

目來禮警官難得說出喪氣話。

「目來禮警官，來調查吧！」

「腳踏實地的努力才能逮捕犯人。」

部下們紛紛鼓勵目來禮警官。

為了找出線索，小揭一行人前往美術館內的咖啡廳。

咖啡廳裡瀰漫著現煮的咖啡香味，小揭一行人向客人說明怪盜小關的特徵，向他們打聽。

「我不清楚。我們大約三十分鐘前就在這裡了，但是誰也沒看見。」

「那個怪盜小關是出現在巴黎新聞上的人嗎？出現新案件了嗎？有還是沒有？」

一起結伴光臨的兩個女人如此回答。

「嗯……我大概從十分鐘前就在這裡喝咖啡了，沒看見那個人。」

黑髮的男人說完後，呼呼的吹涼咖啡，然後小心的啜了一小口。

「呃……不好意思，我才剛坐下，沒看到那種人。對了，這裡的可頌麵包很好吃呢！」正在吃可頌麵包的大嬸回答。

「嗯，小關好像沒來過這裡……」

沒發現有用的資訊，目來禮警官顯得有點失落。
小揭卻在一旁推了推眼鏡，帶著自信口吻的說：
「目來禮警官，我知道真相了。」

揭曉真相的時刻！

「那個喝咖啡的男人很有問題呢！」

小揭慢條斯理的指向黑髮男子。

「你說你大概從十分鐘前就在這裡喝咖啡了，都過了十分鐘，咖啡應該早就冷掉了，你的咖啡為什麼還一副很燙的樣子？」

「這麼說來，確實很可疑！」

目來禮警官和他的部下團團圍住黑髮男人。

「我只是很怕燙……」

「再怎麼怕燙，都過了十分鐘，咖啡應該早就冷掉了。」

「可惡的小揭！」

唰！

怪盜小關又放棄偽裝，露出真面目。

「我要生氣了！」

怪盜小關惱羞成怒，將椅子舉起，直直往眾人扔去。

椅子轉了好幾圈，飛向目來禮警官的部下們。

「哇啊！好危險！」

「快閃開！」

砰！

「目來禮警官！」

椅子最後砸中目來禮警官，變得支離破碎。

「目來禮警官死掉了嗎？」

「瞧你做了什麼好事……」

目來禮警官倒在地上，確定部下平安無事後，微微一笑。

「我向發生那起悲劇的日子發誓，我一定會保護你們。」

所有警員都聽得淚流滿面。

「雖然不清楚是怎麼一回事，但我先溜了。」

怪盜小關腳底抹油，一溜煙的逃走。

第19章 艾菲爾鐵塔的電梯事件

「這次絕不能再讓他跑了！」

目來禮警官頂著頭上的腫包，喊出了無新意的臺詞。

少年偵探團和警員們追著怪盜小關，一群人在巴黎的街道上狂奔。

「真是窮追不捨的傢伙。」

怪盜小關跑進巴黎的名勝古蹟——艾菲爾鐵塔，小揭一行人當然也追了進去。

艾菲爾鐵塔有兩座電梯，其中一座正往上升。

「他往上逃了，我們也搭電梯追上去。」

桔平一馬當先的衝進電梯。

「可惡！」

看到電梯裡的樓層按鍵，桔平低咒了一聲。

原來，除了其中一層樓外，所有的樓層都被按了。

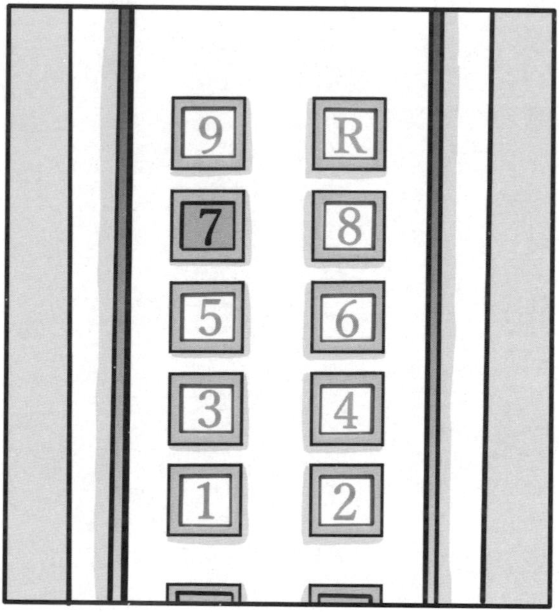
9
R
7
8
5
6
3
4
1
2

「這一定是小關幹的好事。這麼一來只能走樓梯。」目來禮警官傷腦筋的說。

「別擔心，目來禮警官……」

小揭開始進行推理。

「如果想爭取時間，應該按下每一層樓的按鈕，為什麼只有一層樓沒按呢？從這裡可以看出那傢伙的企圖。」

揭曉真相的時刻！

「那小子刻意跳過自己要去的樓層。」

小揭指著唯一沒有被按下的按鈕，那正是觀景臺所在的第七樓。

觀景臺是以玻璃帷幕打造的樓層，可以將巴黎的街道盡收眼底。

「有道理！那我們爬樓梯追吧！」目來禮警官幹勁十足的說。

「目來禮警官，請等一下，大可不用爬樓梯。」

「你是要我使出瘋狂超車的絕招嗎？這招非常累，不過也沒辦法。各位，開始熱身吧！」

「一二三四，二二三四……」

目來禮警官和他的部下們開始進行暖身運動。

「目來禮警官，有個辦法可以取消按下的電梯樓層。」

正在做腿部伸展操的目來禮警官，瞬間停止了動作。

「真的嗎？」

小揭快速按了兩次發光的樓層按鈕，只見按鈕的光消失了，確實可以取消。

「真的假的？原來可以這麼做！」

紫苑大吃一驚，用雙手掩住嘴巴。

「有些電梯不能取消，幸好這座電梯有取消的功能。」

「這樣啊……下次我要來試試警局的電梯。」

目來禮警官也一臉驚奇的說道。

小揭取消所有被按下的樓層後，按下他認為小關會去的七樓按鈕。

第20章 再問一次

從觀景臺的玻璃帷幕可以看到整排石造建築物，以及一覽無遺的巴黎街景。

「少年偵探團也不能輸，我們也去打探消息。」

「收到！」桔平爽快的答應了紫苑的提議。

他們隨即開始詢問觀光客。

「有那樣的小孩嗎？我沒注意到。」

「我也沒注意到。」

「沒辦法，因為我的眼裡只有茱莉安。」

「討厭啦！保羅，你真是的。」

正在欣賞街景的情侶，像是唱雙簧般的回答。

「既然大家都看著窗外，沒注意到也是人之常情。啊，飛船？該不會搭著氣球飛走了吧？」黑髮的女人回答。

「我才不認識那種人！話說回來，今天真的好冷，要吃口香糖嗎？」

嚼口香糖的少年漫不經心的回答。

「嗯……他可能不在這層樓。」桔平狐疑的說，口中還嚼著少年剛剛給的口香糖。

「這裡的窗戶好像打不開，怪盜小關到底消失到哪裡去了呢？」

紫菀嘆了一口氣。

「嗯哼，托大家的福，我知道真相了。」

小揭一如既往的撩起瀏海，戴上眼鏡。

揭曉真相的時刻！

「那個黑髮的女人……」小揭鏗鏘有力的點名。

「你怎麼知道我們正在追的人坐氣球來？」

「就是說啊！」紫菀砰的一拳擊在掌心裡。

「可惡！你為什麼總是識破！」

唰！

怪盜小關放棄偽裝，露出真面目。

「呃……這次純粹是你自己露出馬腳了吧？」

桔平冷冷的凝視怪盜小關。

「不管怎樣，你這次肯定逃不掉了！給我上！」

目來禮警官和他的部下們撲向怪盜小關。

咻！

怪盜小關身輕如燕的閃開，跑向電梯。

「噁！這是什麼黏糊糊的東西！」

「哇哈哈！那是用鰻魚成分發明出來的逃走道具。」怪盜小關樂不可支的說道。

「哥……你怎麼不把這些努力和聰明才智，用來幫助別人呢？」

小揭垂頭喪氣的埋怨。

第21章 殘留的線索

「好險。要是被你們追上，可就傷腦筋了！」

噗咻！

怪盜小關的斗篷裡噴出大量白色的氣體。

白色氣體立刻蔓延開來，四周頓時變得霧濛濛，什麼也看不見。

叮！看樣子，怪盜小關逃進電梯裡了。

「別讓他跑了！電梯的按鈕是這個嗎？」

「目來禮警官，請不要按我的眼鏡。」

過了一會兒，煙霧散去，總算能看清楚周圍的狀況。

「那小子跑到哪裡去了？」桔平傷腦筋的說。

有兩座電梯，一座往上，一座往下，不確定怪盜小關是向上逃走還是往下逃竄。

「兵分兩路，你們去樓下找！」

目來禮警官一聲令下，所有部下紛紛湧向一樓的梯廳。

小揭一行人也從觀景臺往樓上搜尋，只可惜到處都找不到怪盜小關的下落。

終於來到屋頂，但屋頂上沒有半個人。

「什麼？樓下也不見小關的身影？既然如此，應該只剩下這裡可以藏身了，到底在哪裡呢？」

目來禮警官用手機與部下們通話。

「這是怎麼回事？裡頭裝滿了沙子。」

紫菀拾起幾個掉落在屋頂地板上的袋子，每個袋子都裝滿了沙子。

「沙子……這麼說來，我記得擊落氣球的時候，美術館的庭園也撒了一地的沙子。」桔平想起這件事。

「嗯哼，我知道真相了。」

揭曉真相的時刻！

「怪盜小關利用氣球逃走了！」

小揭戴上眼鏡，開始推理。

「氣球升空前，為了不讓氣球飛走，必須先綁上沙袋，製造重量。升空時再解開綁在籃子上的沙袋，利用沙袋和氣球中的瓦斯來調整高度。掉在這裡的沙袋大概是小關綁在氣球上的沙袋。」

「可惡！那小子已經飛上天了嗎？」

目來禮警官抬起頭來東張西望。

「原來我在美術館的庭園裡看到的沙子，是氣球墜落時散落的！」

桔平露出恍然大悟的表情。

「可惡的小關！又讓他全身而退了！」

目來禮警官仰望天空，非常不甘心，氣得跳腳。

「居然在艾菲爾鐵塔的屋頂上準備了另一個氣球，目來禮警官，小關現在大概正怡然自得的享受空中之旅。」

「啊！我好像看到什麼了！」

目來禮警官指著空中的一個點，只見那個黑點正慢慢的靠近。

那是一顆色彩繽紛的氣球，怪盜小關就坐在籃子裡。

「哈哈！忘了說一件事，只好回來告訴你們！」

小揭等人嚷嚷著要他下來，怪盜小關置若罔聞。

「下次我會偷走更厲害的東西，請期待我的預告信吧！

哇哈哈！」

怪盜小關高八度的笑聲迴盪在巴黎的街道上。

第22章 少年偵探團出動

小揭一行人從巴黎回家了。

開學後的星期一，在下課休息時間時，千秋來到偵探團一行人面前。

「請問一下，你們有組成少年偵探團，對吧？」

「對，沒有我們解不開的謎團。」紫菀拍著胸脯誇口。

「有點事想請你們幫忙。」

「包在我們身上。」桔平笑得十分爽朗。

「謝謝，請跟我來一下。」

千秋帶小揭他們走向自己靠窗的座位。

「今天早上，我放在抽屜裡的閃亮鉛筆盒不見了，可以幫我找嗎？」

「嗯……什麼是閃閃鉛筆？」

「不是閃閃鉛筆，就是閃亮鉛筆盒。是指有很多亮片的鉛筆盒。」

「會不會是被老師沒收了？」桔平說道。

千秋回嘴：「學校又沒有規定不可以帶有裝飾鉛筆盒。」

「千秋，鉛筆盒不見的時候，窗戶開著嗎？」

「我想想，好像開著。」

「嗯哼，窗櫺沾上了泥土……」

「這裡可是二樓！難道小偷從窗戶爬進來嗎？」紫苑難以置信的說。

「太誇張了！那只是在文具店買的鉛筆盒。」

「我知道真相了。」

揭曉真相的時刻！

「犯人把閃亮鉛筆盒拿到樹上了。」小揭指向窗外。

停在電線上的烏鴉正賊頭賊腦的四下張望。

「原來如此，烏鴉把亮晶晶的東西叼走了。」

千秋一拳擊在掌心裡。

小揭等人來到校園一樓，逐一檢查每一棵樹。

桔平突然指向一棵遠一點的樹上。

「啊！那裡有個鳥巢。」

「這也是偵探的工作，我去拿。」小揭說道，開始爬樹。

機靈的烏鴉紛紛飛向小揭，一副「才不會讓你得逞」的模樣。

「哎呀！你們想做什麼，快住手！烏鴉老兄，有話好說……痛！好痛啊！你們在啄哪裡呀？哇！啊——」

咚！

小揭遍體鱗傷，鉛筆盒毫髮無損。

「謝謝你，小揭。不好意思，害你受傷了。」

「這點小傷算不了什麼。」

「以後別裝飾得這麼花俏，換個更可愛的鉛筆盒吧！」

桔平笑著說。

千秋怒髮衝冠的反駁：「怎樣才算可愛？你眼中的可愛和我眼中的可愛又不一樣，難道只有你眼中的可愛才是對的嗎？」

「呃，這個……」

「如果你是關心我，只要叫我換個鉛筆盒不就好了！」

「真是的，這傢伙完全不懂女孩子的心……」

紫菀一臉看不下去的猛搖頭。

第23章 舊校舍的幽靈事件

一大早，小揭剛推開教室的門，夏彥就發著怪聲走來。

「嗚──」

「早安。夏彥，你怎麼了嗎？」

「我等你好久了，其……其實是舊大樓的幽靈出現了。」

「咦？這件事還沒結束？」

「這次是貨真價實的幽靈！你們都聽說過下午四點四十四分，已經停用的舊大樓會有幽靈冒出來敲鑼打鼓的傳聞吧？」

「聽說過啊！據說聽到鑼鼓聲的小孩會被帶去另一個世界呢！」

桔平聽到討論，也湊了過來。

「就是那個！我聽見那個聲音了！嗚——」

「夏彥，別這麼灰心，你是在哪裡聽到聲音？」

「一樓的走廊上。」

小揭一行人前往夏彥說他聽到鑼鼓聲的一樓走廊。

走廊上似乎沒有任何不尋常的地方。同樣是一整排教室，靠近操場的那一側有讓人洗手的水槽，看起來非常正常。

「我明白了。是不是有人在泡乾麵？把泡麵的熱水倒進水槽時，不是會發出『砰』的聲音嗎？」

「誰會在學校裡泡乾麵？」

桔平駁回紫菀的推理。

「嗯哼，我知道真相了。」

小揭戴上眼鏡，並拿出用來判斷方向的指南針。

揭曉真相的時刻！

「現在這個季節，四點四十四分正好是太陽開始西沉的時間。」

小揭讓大家看指南針。

「你們看，操場在西邊，下午被晒得熱乎乎的水槽突然降溫，就會發出砰的一聲。」

「原來如此……太陽扮演了滾水的角色，幫水槽加熱。而當水槽一旦冷卻，就發出類似敲鑼打鼓的聲音。」

小揭很贊同紫苑的解釋，並補充說：「這種現象稱為熱膨脹，鐵之類的金屬隨溫度熱脹冷縮的時候會發出聲音。」

「可是光憑這些推理，也不能證明幽靈不存在吧！」

夏彥忐忑不安的質疑。

大家決定放學後再來一趟，驗證小揭的推理是否正確。

「太陽就快下山了，水槽應該要開始冷卻了。」

小揭的推理到底正不正確呢？

從窗外照射進來的陽光逐漸變弱，終至消失。

砰！

水槽發出這樣的聲音。

「就是這個！這就是我聽到的聲音！」

夏彥還沒說完。

砰！砰！

別的水槽也接二連三發出相同的聲音。

「小揭，對不起，我居然懷疑你。」

「沒關係，推理就是用來驗證的。」

「喂！」

八村老師看到小揭一行人，大聲的警告他們：「你們再不快點回家，會被幽靈詛咒！」

第24章 詛咒的靈異現象

這天，隔壁班的班長找上小揭他們。

「有件事……請少年偵探團務必幫忙調查。」

「我去參加放學後的社團活動，當時社團教室只剩我一個人整理講義，正準備回家時……」

「嗯？然後呢？」桔平催他接著說下去。

「不知道從哪裡傳來了『我要詛咒你！』的叫聲。」

「哇啊！」紫菀掩著嘴巴，驚呼一聲。

小揭繼續問著隔壁班的班長：「然後呢？你有什麼反應？或做什麼事嗎？」

「我覺得好害怕，馬上回家了。可是從那天起，我就再也不敢去社團教室了。」

於是，小揭一行人前往位於一樓的社團教室。

「看起來沒有任何不妥的地方。」

桔平將社團教室看了一圈。

除了桌子擺成ㄈ字形以外，是間非常普通的教室。

「旁邊是教師辦公室，另一邊則是烹飪教室……」

小揭邊說邊來到走廊上，走進教師辦公室，沒多久便走出辦公室，又走進烹飪教室繞一圈。

重新回到社團教室後，小揭豎起食指準備開始推理。

「我知道真相了。那一天，八村老師有留下來加班改小考的考卷……」

小揭一如既往的撩起瀏海，戴上眼鏡。

揭曉真相的時刻！

「剛好烹飪教室沒人，不如就在烹飪教室重現當天發生的事吧！」說完，小揭獨自走向烹飪教室。

過了好一會兒，小揭的聲音從隔壁的烹飪教室傳來。

「我要詛咒你！」

「啊！聽到『我要詛咒你！』的叫聲了。」紫菀說道。

桔平也轉過頭，側耳聆聽。

「沒錯，他確實在說『我要詛咒你』。」

小揭回到大家所在的社團教室。

「各位明白了嗎？」

只見所有人都面面相覷，不知道這起事件的解答。

「你快說吧！」桔平催促著小揭。

小揭緩緩向大家說明他的推理。

「那天，八村老師因為要加班，想借用烹飪教室準備晚餐，其他老師大概是詢問他：『還不走嗎？要煮什麼？』而八村老師回答：『我要煮粥呢！』這些話被傳進社團教室，就被聽成了『我要詛咒你』。」

「真的嗎？」隔壁班的班長似乎還難以置信。

「很多人ㄗ、ㄓ的音發得不清楚，你可以自己試試看。」

「詛咒……煮粥……」

幾個人不斷喃喃的重複著這兩個詞。

聽完小揭的說明，班長終於心服口服的點點頭。

「原來如此，不是受到詛咒，只是聽錯了。」

「就是這麼回事。只要知道真相，就一點也不可怕了。」

「我又敢放學去參加社團活動了，謝謝你！」

第25章 被盯上的鑽石

啪啦啪啦——

操場上傳來轟然巨響。

搭乘直升機的目來禮警官正從窗外朝小揭的教室揮手。

「小揭！少年偵探團的各位同學！那小子又出現了！」

「你們告訴那個警官，請像個正常人一樣登場好嗎？」

八木老師一臉不勝其擾的抱怨。

小揭等人走出教室，跳上降落在操場上的直升機。

「又收到預告信了！」

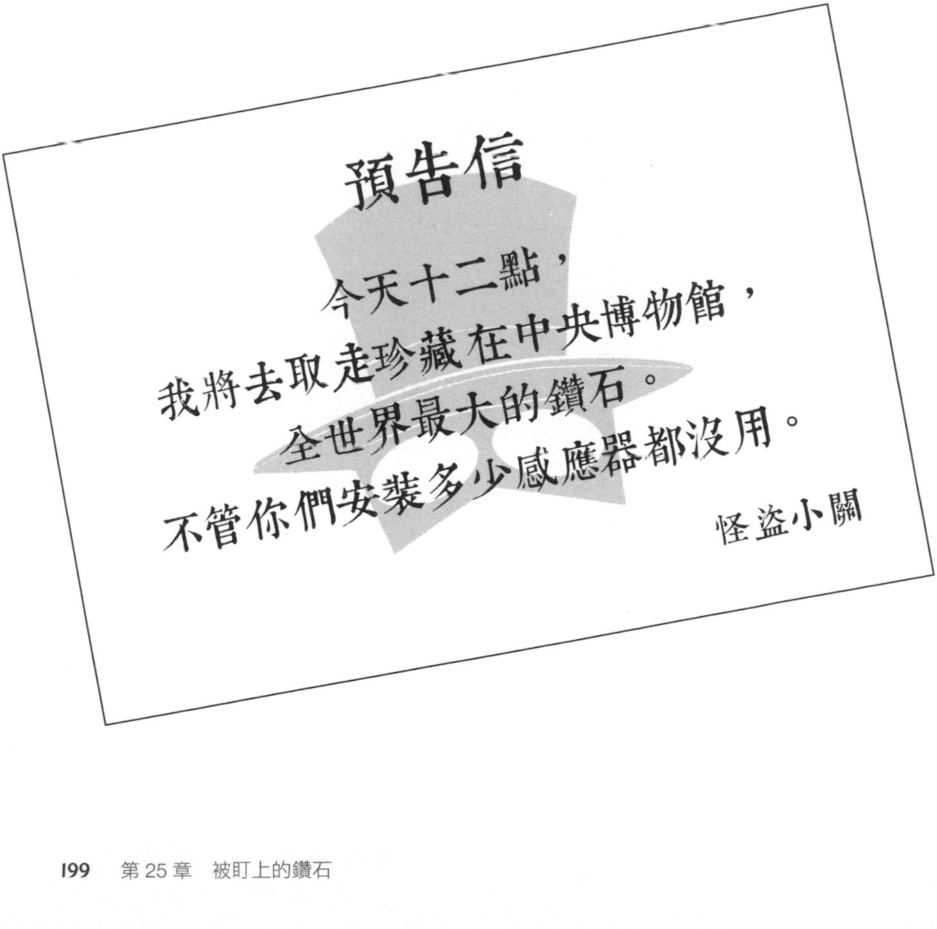

預告信

今天十二點，
我將去取走珍藏在中央博物館，
全世界最大的鑽石。
不管你們安裝多少感應器都沒用。

怪盜小關

目來禮警官遞出一張紙給偵探團。

「鑽石……真難得，這還是那小子第一次盯上價值連城的東西呢！」

桔平甩了甩預告信，傳給紫菀。

「他說的感應器是什麼？」紫菀問道。

目來禮警官回答：「我們在鑽石四周安裝了高性能的鑽石感應器。」

「目來禮警官，什麼又是高性能的鑽石感應器？」

「只對鑽石有反應的感應器，我想裝了感應器就萬無一失了。」

「嗯，這真是太奇怪了。」

揭曉真相的時刻！

「我想，怪盜小關已經潛入博物館了。」

小揭的推理令目來禮警官大吃一驚。

「這話該怎麼說？」

「很簡單。小關知道感應器的存在，這表示他很有可能已經潛入博物館了。」

「嗯……可是所有人的進出都由電腦管理，我不認為他有辦法溜進去。」

「既然如此，他為什麼會說裝了感應器也沒用呢？」

紫苑提出疑問。

「這麼說也是，他為什麼要特地告訴我們……」

桔平也陷入沉思。

「嗯哼！這真是一謎未解，一謎又起。」

「總之先趕去現場吧！」

目來禮警官看了小揭等人一眼。

「拜託你們了，小揭、少年偵探團。能不能逮住那小子，全靠你們了。」

「好！」

少年偵探團毫無遲疑，馬上出動。

第26章 高性能裝置的弱點

「這就是那小子預告要偷走的全世界最大的鑽石。」

小揭一行人抵達中央博物館，他們全都被鑽石巨大的體積嚇到了。

展示檯鋪著絲巾，絲巾上展示著閃閃發光的偌大鑽石。

「好美啊！到底值多少錢啊？」

「根本無法估價呢！喂，小心一點，別伸手去碰，也別移動它，萬一啟動周圍的鑽石感應器就麻煩了。」

目來禮警官提醒盯著鑽石看的紫菀。

「這就是你說的鑽石感應器嗎？」

紫菀指著設置在展示檯周圍的筒狀機械問道。

「沒錯。小心一點，一旦把鑽石移到展示檯外面，鑽石感應器就會啟動。」

「萬一啟動會怎樣？」

「呵呵，會從四面八方射出麻醉針，立刻讓小偷睡著。」

「目來禮警官，小關會不會已經喬裝打扮，潛入這個房間裡了？」

小揭將房間環顧一圈。

「嗯……鑽石還沒被偷走，所以應該不會吧？」

「嗯哼，說不定是用小型的無人機潛入。」

「屋子裡裝滿了監視攝影機，一旦有可疑的東西飛進來，一定會發現才對。」

「那小子究竟從什麼地方看到鑽石？」

桔平在房裡東張西望。

「我知道真相了，那小子利用了某個空間，那就是……」

揭曉真相的時刻！

「目來禮警官的帽子！警官，您的是不是大了一號？」

「什麼？我的帽子？」

目來禮警官拿下帽子，正想仔細查看一番。

咻！

突然有一架小型無人機從帽子裡飛出來。

「哇哈哈！我從帽子的縫隙裡看到一切了。」

怪盜小關的聲音隔著帽子，從擴音器裡發出來。

「你這傢伙！給我上！」

霹靂啪啦！淅瀝嘩啦！乒乒乓乓！咿咿呀呀！

目來禮警官的部下們一窩蜂的抓住無人機。

「目來禮警官，我們辦到了！」

「我們果然有心就能做到。」

「太感人了。」

搞不清楚狀況的部下們將無人機帶到警車上。

「他們也成長不少呢……」

目來禮警官感動萬分的同時，桔平卻在一旁硬生生的打斷他的美夢。

「噗哧！原來警官是光頭！」

「桔平同學，如果有人嘲笑你，但那是你無法改變的，例如身高或體型的缺陷，你做何感想？」

目來禮警官露出前所未有的嚴肅表情問桔平。

「我會很不開心……」

「毛髮稀疏也是相同的缺陷。」

「對不起。」桔平老實的道歉。

不能笑別人「你這個禿子」或「你的頭頂是一片沙漠」這種話呢！

「咦？我剛才似乎聽見這本書作者的心聲了。」

小揭說出不需要推理的真相。

第27章 絕對偷不走嗎？

時間來到怪盜小關所預告的十二點了。

可是等了又等，怪盜小關始終不曾出現。

「他怎麼了？難不成嚇得打退堂鼓了。」桔平用手枕著後腦勺，百般聊賴的說。

「呵呵！是安裝高性能鑽石感應器的我們贏了。」

目來禮警官志得意滿的斷言。

「太好了！正義必勝！」

「太開心了，這都是我們大家的功勞。」

目來禮警官的部下們手舞足蹈的歡呼。

「嗯……」只有小揭覺得不太對勁。

這時，LED燈光忽明忽滅……

啪！

燈光熄滅，房裡變得一片漆黑。

「停電了！」耳邊響起桔平的聲音。

「你們快封鎖出口！」

「哇！遵命！」

「好痛！」

目來禮警官一聲令下，部下們立刻採取行動。

啪！

一如停電的那一刻，燈突然又亮了。

「啊！鑽石！鑽石被偷走了！」紫菀指著展示檯大叫。

果真，原本放在展示檯上的鑽石無聲無息的消失了。

「怎麼可能！鑽石感應器沒有反應啊！」

揭曉真相的時刻！

「目來禮警官，這起事件有兩個謎團。」

小揭豎起兩根手指。

「我懷疑有人趁著停電的時候偷走鑽石。」

「可是所有警員都嚴陣以待的封鎖住出口，那傢伙應該還在房間裡。」

「沒錯，我們封鎖得非常完美。」

「一定沒問題。」

「嗯，大家都很棒。」

歡呼聲四起，目來禮警官的部下們樂不可支。

「那不就表示有人變裝了？」

紫苑說完，便用眼神掃視了房間一圈。

房間除了小揭、少年偵探團和警員們，還有博物館館長和研究員，他們從預告中的十二點就一直和大家待在這裡，並冷眼看著事情的發展。

「這個可能性很大。然後第二個謎團是鑽石感應器為什麼沒有啟動。」

「對呀！鑽石感應器為什麼沒有啟動？壞了嗎？」

桔平看著安裝在鑽石周圍的感應器，百思不得其解。

「不可能，鑽石感應器處於滴水不漏的狀態。」目來禮警官說。

「目來禮警官，我知道真相了。」

小揭豎起指頭，開始說明。

「首先是第一個謎團，犯人無法從封鎖的房間帶出鑽石。再說了，物體也不可能像氣體般消失得無影無蹤。」

「那鑽石到底藏在哪裡？」

「這不是一目了然嗎？就藏在目來禮警官的帽子裡。」

「你說什麼！」

目來禮警官拿起帽子，消失的鑽石真的就在帽子裡。

「目來禮警官！你怎麼都沒發現？」

「而且還熱熱的！」

目來禮警官的部下們七嘴八舌的鼓噪。

「吵死了！可是，為什麼鑽石感應器沒有啟動？」

「目來禮警官，那顆鑽石起霧起得好嚴重。」

「沒辦法，誰叫我很會流汗。」

「真正的鑽石有很高的熱傳導係數，所以就算起霧，也會馬上變回透明。」

小揭說道，也招手請研究員過來。

「這是……」研究員檢查完鑽石，露出震驚的表情。

「沒有錯，這是假的鑽石。」

「你說什麼！也就是說，小關早在寄出預告信以前，就已經偷走鑽石了嗎？」

「不對。小關是怪盜，一向都是先寄出預告信，才動手行竊。」

「這到底是怎麼回事？如果我們看到的是假鑽石，真鑽石到底在哪裡？鑽石感應器為什麼沒有啟動？」

桔平百思不得其解的猛搖頭。

「其實小關根本沒有偷走鑽石！」

小揭大膽的推理，令大家聽得目瞪口呆。

「沒有偷走鑽石？這到底是怎麼一回事？」

「他寫在預告信上的那句『不管你們安裝多少感應器都沒用』，意指他打從一開始就沒有要偷走鑽石的意思。」

「那他到底有什麼目的？」

「答案就在這裡。」

小揭一把舉起鋪著絲巾，用來陳列鑽石的展示檯……

眾人大吃一驚。

「便便狀的……鑽石！」

第28章 藏匿你我之間的怪盜

「這是怎麼回事？」

目來禮警官驚訝的叫聲響徹雲霄。

便便鑽石熠熠生輝的反射著燈光，美得令人屏息。

「小關把鑽石藏在展示檯下，放上假鑽石代替。然後每天偷溜進來，將藏在展示檯底下的鑽石雕刻成便便的形狀。」

「啊！館長，振作一點！」

研究員撐住口吐白沫的館長。

「原來如此，並未將鑽石拿到展示檯外，所以鑽石感應器自然也就不會啟動了。」桔平頻頻點頭。

「還有，因為出口封鎖了，我猜喬裝打扮的小關應該就在我們中間。」

小揭的話讓眾人瞬間變得緊張，彼此大眼瞪小眼。

「話雖如此，要怎麼揪出那個人呢？」

「不如出些只有本人才知道的問題。」桔平建議。

目來禮警官的部下們又開始七嘴八舌的鼓噪起來。

「警官愛吃什麼？」

「納豆牛奶飯！」

「不是叫你回答啦！是他！」

小揭等人紛紛出題，測試彼此是不是小關假扮的。

「大家好像都不是小關假扮的，也就是說……」

桔平望向館長和研究員。

「我才不是小關假扮的。我身為館長，為何要花上一個月的時間，把鑽石加工成便便的形狀呢？」

館長清醒過來，手忙腳亂的為自己辯護。

「嗯哼，我知道真相了。」

揭曉真相的時刻！

「館長就是小關。」

小揭戴上眼鏡，斬釘截鐵的說道。

「要為這麼大顆的鑽石加工，確實得花上很長的時間，可是只有小關才知道要花上一個月。」

「可惡！又不小心說溜嘴了。」

唰！

怪盜小關果斷放棄偽裝，露出真面目。

「這次絕對不會再讓你逃走了！同伴們，一起上！」

霹靂啪啦！淅瀝嘩啦！乒乒乓乓！咿咿呀呀！

「一群蠢蛋！那是便便鑽石！」

撲向怪盜小關的警員，不知道什麼時候全都緊抓著便便鑽石。

「哇哈哈！」

怪盜小關身手矯捷的跳開，逃向出口，然後在門口帥氣的轉過身來。

「小揭，看樣子我們終於要一決勝負了！」

噗咻！

源源不絕的霧氣籠罩著怪盜小關。

小關又消失了，只剩下一張卡片翩然飄落。

「這是……」

小揭拾起卡片，打開來看。

邀請卡
小揭，
誠摯邀請你來小關城。
怪盜小關

第29章 風雲變色小關城

「這就是小關城……他什麼時候蓋了這座城堡？」

小揭仰望小關城，嘆了一口氣。

眼前矗立著高聳入雲的城堡，以及彷彿要覆蓋整座無人島的森林。

「那小子叫我們來這種地方，到底想做什麼？」

小揭和少年偵探團、目來禮警官和他的部下們，全部一起闖入小關城。

「哈哈！你們來啦！」

小關的聲音隔著用圓木打造的門，從擴音器傳出來。

「首先要確認各位的推理能力，請用眼前的鑰匙打開這扇門。」

門口有三把前端呈鋸齒狀的鑰匙。

「這是什麼？上頭印有奇怪的符號。」

桔平拿起三把鑰匙，三把鑰匙上分別刻印著溫泉、鳥居和水果的符號。

「只要全部試一遍不就好了？」紫菀不假思索的說。

「萬一搞錯了，這扇門就再也打不開了！」

「要我說的話，直接回去也沒

關係。」

桔平雙手枕在腦後，一臉興趣缺缺的樣子。

「哎呀！只有一把鑰匙是正確答案！我也沒那麼不近人情，給你們一個提示好了，你們覺得要怎麼做才能開門？」

「嗯哼，我知道真相了。」

揭曉真相的時刻！

「正確答案是這把鑰匙。」

小揭拿起印有鳥居符號的鑰匙，插進鑰匙孔。

轟轟轟轟轟轟……

門發出低沉的聲響打開了。

「門開了。你怎麼知道是這把鑰匙？」桔平問道。

小揭一派輕鬆的回答：「這很簡單。這不是鳥居的符號，而是『開』這個字的一部分。」

「原來如此！我以為溫泉符號的鑰匙才是正確答案。好想泡溫泉啊！」

「目來禮警官，你那才不是推理，只是你自己想去泡溫泉……」小揭毫不留情說。

「目來禮警官！」

「只差一步就能逮捕小關了。」

「先立功再去泡溫泉吧！」

警員部下紛紛鼓勵著目來禮警官。

偵探團和警察們魚貫進門。

「感覺沒什麼呢……」紫菀喃喃自語。

小關城的庭院草木扶疏，是令人感到很悠閒的地點，前面是蓋在石垣上的巨大城堡。

「那小子很狡猾，千萬不能大意。」

桔平小心翼翼的四下張望。
沒多久，一行人穿過庭院，抵達城堡。

第30章 小關城的機關

「好大呀！」桔平抬頭仰望城堡讚歎。

用石頭堆疊起來的石牆上，矗立著一座巨大的瓦片屋頂城堡。而石牆完全沒有類似入口的地方。

「我們該怎麼進去？」紫菀提出疑問。

「我知道了，這是要考驗我們的體力。上吧！」

目來禮警官開始攀爬，隨即又「啊——」的大叫一聲，還滑了下來。

看來硬闖是行不通的，必須找到正確的進入方法。

「這裡有一塊沒有卡緊的石頭。」

小揭指向石牆某處，那裡剛好有一個石頭大小的空洞。

「好像寫了什麼數字……」

紫菀將臉湊近一看，空洞上下兩邊的石頭寫著數字，分別是……

「是06、68、88、〇和98。」

「嗯哼，只要填入正確的數字就行了。」

桔平捧著三塊石頭走了過來。

「你們看看這些石頭。」

「咦！這些石頭上面也有數字。」

紫菀說的沒錯，三塊石頭各自寫著55、87、94的數字。

「06、68、88、98和55、87、94會有什麼關聯呢？」

桔平和紫菀還在思考數字關聯，小揭則露出一抹自信的微笑。

「我知道真相了。」

揭曉真相的時刻！

「正確答案是87的石頭。」

小揭將寫著87的石頭塞進洞裡。

石牆傳來嘎啦嘎啦的聲響，不一會兒又響起低沉的機器運轉聲音。

嘰嘰嘰嘰嘰……

接著，有一部分石墻沉入地底，出現了一扇門。

「這到底是怎麼一回事？」

紫菀問道，小揭寫下來給他看。

「寫在石頭上的數字分別是06、68、88和98，把這些數字倒過來看的話。」

小揭將筆記本遞給紫菀，紫菀接過，倒著看。

「是連續的數字！」

「真的呢！」桔平看到筆記本上的數字，也大感驚訝。

「不管怎樣都不能掉以輕心，畢竟這裡是怪盜小關興建的城堡。」

「他真的是你哥嗎？小揭，你沒事吧？」紫苑體貼的說。

「我沒事。哥哥只是因為擁有優秀的推理能力，所以才會被謎團吸引。」

「別擔心，我們會讓他改邪歸正。」

桔平輕輕的拍了拍小揭的肩膀。

「啊！」

小揭他們正要進入小關城時，後面的目來禮警官又從石牆上滑落。

第31章 小關大人的機器人之謎

小關城裡暗得不得了，一行人在木頭地板上踩出「嘰嘎嘰嘎」的腳步聲。走了好一段路，蠟燭微微搖晃的火光映入眼簾。

「哇！那是什麼？」

紫菀嚇得縮了縮身體。

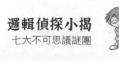

「嗯哼，好像寫著什麼……『小關大人特製的機器人之謎』……」

小揭讀出被微弱燭光照亮的文字。

「小關大人製作了六臺特製的機器人，分成只有一根天線的機器人和有兩根天線的機器人。

現在一共有十根天線，散布在城堡裡，可是小關大人忘記自己製作了幾臺一根天線機器人。

你們知道只有一根天線的機器人總共有幾臺嗎？」

「這種高高在上的口氣也太令人討厭了吧！」桔平氣沖沖的說。

「明明是自己忘記了，憑什麼要別人幫他動腦啊！」紫菀也忿忿不平的樣子。

「算了啦！大家一起想。假設都是只有一根天線的機器人，需要六根天線，因此……」

雖然朋友都對小關感到生氣，小揭仍是擺擺手，開始思考哥哥出的問題。

「小揭對哥哥總是這麼好說話呢！」

桔平一臉無奈的拿出筆記本和鉛筆。

紫菀只好聳聳肩，一起來想問題。

揭曉真相的時刻！

「問題是，就算知道答案，又該怎麼做才好呢？」

目來禮警官看了看四周。

「會不會是按下這邊的按鈕啊？」

紫菀指向寫著一到九的按鈕。

「接下來就交給大人吧！一共有五臺只有一根天線的機

器人！」

目來禮警官帥氣按下寫著五的按鈕。

啪嗒！

地板打開了，目來禮警官和他的部下們全都掉下去了。

「為什麼！討厭啦！」

「目來禮警官！救命呀！」

「我不玩了啦！」

小揭等人伸手要拉他們上來，可惜手不夠長，只能看著地板機關吞噬了目來禮警官和他的部下們，慢條斯理的恢復原狀。

「好可怕的機關……」桔平吞了一口口水。

「認真思考吧！假設六臺機器人都是有兩根天線的機器人，六乘以二，等於有十二根天線。」

紫苑在桔平的筆記本上寫下算式。

「也就是說，假設其中有一臺機器人只有一根天線，就可以扣掉一根天線。我明白了！」

桔平看著筆記本，接著說明：「一共有十根天線。也就是說，必須減少兩根天線，所以只要有兩臺機器人裝了一根天線即可。這麼看來，一根天線的機器人有兩臺！」

桔平按下二的按鈕，藏在牆上的門打開了。

「辛苦你們了。」

小揭其實對數字很不在行。

第32章 特製機器人登場

「嗶嗶、啵啵、嗶啵啪啵——」

房間裡有三臺機器人，眼睛發著光，那模樣給人傻不愣登的感覺。

「這些就是特製的機器人嗎？看起來怎麼有點可愛。」

桔平說道。

有臺機器人走到他身邊。

「嗶啵、啪啵、啪嗶？」

「嘿嘿！好可愛。」

「嗶啵嗶啵，我們要自爆了。」

「什麼！快逃啊！」

「這是怎麼回事？」

小揭和紫菀、桔平抱頭鼠竄，可是機器人始終沒有要爆炸的樣子。

「怎……怎麼搞的？」紫菀問道。

一臺機器人回答：「騙你的，我們是說謊機器人。」

另一臺機器人旋轉著頭部，哈哈大笑。

然後三臺機器人各自指向三扇門，說了奇怪的話。

「小關大人的帽子飛走了，所以他從左邊那扇門出去拿了。」

「才怪，他是沙子跑進眼睛裡，所以從中間的門去拿眼藥水了。」

「胡說八道！現在是跳舞的時間，所以小關大人從右手邊的門去了舞池。」

「這究竟是怎麼一回事？」

桔平戳了戳其中一臺機器人。

「嗯哼，看樣子有兩臺機器人在撒謊。」

揭曉真相的時刻！

「明明是室內，哪裡來的風？」小揭對兩臺機器人說。

「要我說的話，應該是這樣。室內不可能有風吹進來，所以這兩臺機器人說的是謊話。」紫菀拍手說道。

「嗶嗶！嘎嘎！」騙他們說帽子飛走的機器人發出不知所措的聲音。

「吱——吱——」

騙他們小關去拿眼藥水的機器人拚命旋轉腦袋。

「為什麼要說謊？不能說謊啊！」桔平質問它們。

兩臺機器人開始發出奇怪聲音，做出不協調的動作，接著……

「我們要自爆了。」兩臺機器人異口同聲的說。

眼睛閃著紅光，發出計時器「滴答滴答」倒數的聲響。

「快逃！快點逃進右手邊的門！」

小揭等人手忙腳亂的衝向右手邊，這應該是正確答案的門。

啪噠！

緊緊關上門後，一群人蜷縮著身體。

可是過了好一會兒，什麼事也沒有發生。

「難不成……這也是騙人的？」紫菀說道。

這反而讓小揭和桔平都鬆了一口氣。

「居然有這種機關，目來禮警官他們不曉得要不要緊？」

桔平擔心的說道。

「走吧！去找小關，與他做個了斷吧！」

小揭的語氣裡充滿了堅定的決心。

第33章 舞池的蠟像

「這也太壯觀了……」小揭驚訝得下巴都要掉了。

紫菀和桔平目不轉睛的欣賞眼前的景象。

金碧輝煌的舞池裡有許多蠟像，每一尊都精雕細琢，彷彿隨時都要動起來似的。

「這不是蠟像嗎？」

眼前栩栩如生的人像皆以蠟製成，皮膚十分光滑。

「織田信長、豐臣秀吉、德川家康、猿飛佐助……全都是聽過的名字。」

在日本戰國時代的蠟像區，大人物齊聚一堂，桔平念出他們的名字。

「這邊是聖女貞德、拿破崙、米開朗基羅……都是世界上的偉人呢！」

紫苑則在世界偉人區唱名。

「小關究竟想做什麼呢？要是有能夠推理的線索就好了……」

就在小揭自言自語時，天花板的擴音器裡傳來怪盜小關的聲音。

「愚蠢的小揭一行人，我才不屑與你們為伍呢！」

「那傢伙到底想做什麼啦！」

桔平失去耐性的破口大罵。

「該不會……是想給我們提示吧？」紫菀側著頭說。

「嗯哼，我知道真相了。」

小揭一如往常的撩起瀏海、戴上眼鏡。

揭曉真相的時刻！

「只有猿飛佐助不確定是不是真有其人。」

小揭指著猿飛佐助的蠟像。

「你真聰明啊，小揭！」

唰！怪盜小關脫下偽裝，露出真面目。

「哥，今天就是我們一決勝負的時候了！」

小揭馬上對著怪盜小關大聲喊話。

「呵呵，我也正有此意。」

怪盜小關雖然這麼說，卻有如狡兔般的逃走了。

「如果你們能解開更多謎團，我就和你一決勝負！」

怪盜小關利用後面的樓梯，逃到小關城的上方。

「那傢伙到底……他好像希望我們去找他？」桔平喃喃自語的咕噥。

「他被小揭找到的時候，好像很高興的樣子。」紫菀也笑著說。

「嗯哼，哥哥內心的謎團好像有點複雜。」

第34章 踏入陷阱的紫菀

「小關好像逃到樓上了。」

紫菀抬頭望向後面的樓梯上方。

「哇哈哈！」耳邊傳來怪盜小關高八度的笑聲。

「等一下，小關，你不要再鬧了。」

紫菀雙手叉腰，瞪了站在樓梯上的怪盜小關一眼。

「這是小關大人特製的樓梯，我現在就為大家說明規則，都聽清楚了……」

「喂，你先聽我們說話好嗎？」

怪盜小關對桔平的抗議充耳不聞，開始說明規則。

「這座樓梯是我製造的自動樓梯！只是，我這個人比較刁鑽，所以要符合條件才會動起來。我設計成要爬兩階，才會自動升上一階的構造。而這座樓梯一共有十五階，所以請問要爬幾階，才能爬到上面？」

聽完題目，少年偵探團的三人都無言以對，誰會想搭這種電梯呢？

「哥，你這個設計未免也太煩人了！」小揭傻眼的說。

「這種電梯也太討厭了吧！」桔平也抱怨。

「還不如直接走上去……」紫菀說。

「少囉嗦！要是連這麼簡單的謎團也解不開，你們是無法抓住我的。」怪盜小關站在自動樓梯上叫囂。

這下子，又要動腦筋了。

正當小揭和桔平低頭苦思時，紫菀突然大力拍手，似乎想到一個妙計。

「啊！我想到一個好主意。」

揭曉真相的時刻！

「只要實際爬爬看不就知道了嗎？」

紫菀開始沿著自動樓梯往上爬。

爬了兩階，機器發出「嗚咿——」的聲音，自動往上升了一階。

「我剛才爬了兩階，那就再爬一階……」

「傻瓜！」

怪盜小關暗暗竊笑，然後按下安裝在自動樓梯旁邊的紅色按鈕。

啪噠！

樓梯的臺階不見了，紫菀就像踩在平滑的溜滑梯上。

「哇！」紫菀從變成溜滑梯的樓梯上滑下來。

「紫菀！」

就像目來禮警官的下場，地板打開一個洞，紫菀掉進洞裡，小揭和桔平情急之下伸手去拉，可惜手不夠長。

「哥……你想做什麼！」

小揭氣憤的瞪著怪盜小關。

「呵呵，底下鋪了彈簧墊，不會怎樣的。」

「不是這個問題！」

「小揭，我知道了！」擅長算術的桔平叫道。

「把爬兩階和自動上升一階當成一組來思考，總共有十五階，所以十五除以三，等於用五組就能爬上去。每一組要爬兩階，所以二乘以五，等於要爬十階！」

「哇哈哈哈，答對了！」

第35章 桔平的專屬謎題

「這也太壯觀了……」桔平發出驚駭不已的叫聲。

桔平和小揭追著怪盜小關，來到陽光普照大地的中庭，

這裡有一座足球場，草皮迎風搖曳。

「哇哈哈！小揭的朋友，桔平啊！這次的謎題是送給你

這位足球少年的。」

怪盜小關站在球門上，對桔平喊話。

「好啊，放馬過來！」桔平毅然決然接受挑戰。

「桔平……」

小揭很擔心，他們已經少一名戰友，紫菀不知道被關在什麼地方，現在桔平還要獨自上場……

但桔平只是對小揭微微一笑。

「別擔心，是朋友的話，就相信我，靜觀其變吧！」

「我要出題嘍！看你能不能解開這個謎題。」

怪盜小關擺出裝模作樣的姿勢開始出題。

「有三十二支足球隊以淘汰賽的方式進行比賽，你知道要經過幾場比賽，才能決定優勝隊伍嗎？」

「三十二支足球隊？等一下，如果是淘汰賽，首先第一回合就得分成十六組……」

桔平趕緊用鉛筆在筆記本上計算。

「時間到！」

怪盜小關按下遙控器上的按鍵。

啪嗒！

長滿草皮的地面出現一個洞，桔平倒栽蔥的掉了進去。

揭曉真相的時刻！

「桔平！」

小揭把手伸到最長，無奈還是搆不到桔平的手。

「哇哈哈！小揭，終於只剩下你了。」

「哥！」

小揭惡狠狠的瞪了怪盜小關一眼。

「如果有時間限制你要先說！太不公平了！」

「嘿嘿嘿！」

面對小揭的大聲抗議，怪盜小關都當成耳邊風。

「順便告訴你好了，答案是三十一次！」

「你給的時間太短了。」

「會嗎？只要計算輸的場次就行了。淘汰賽一定會分出勝負，所以只要扣掉唯一沒有輸過的優勝隊伍就行了。三十二減一，答案是三十一。」

小揭與怪盜小關就這樣盯著對方看了好一會兒。

半晌後，小揭冷靜的問怪盜小關：

「哥……你到底有什麼目的？」

「我嗎？」

小揭的問題讓小關莞爾一笑。

「我想用謎團把這個世界搞得天翻地覆！」

怪盜小關從球門上跳下來，逃進城堡。

「小揭，我們在頂樓相見吧！」

第36章 三臺掃地機器人

「哥，你躲在哪裡？」

小揭追到頂樓的走廊，看到三扇門，一時說不出話來。

三扇門各自寫著第一間、第二間、第三間。

天花板傳來怪盜小關的聲音：「我就在這三個房間的其中一間。對了，萬一猜錯就再也打不開了，小心點。」

「都到了這個時候，你還不放棄出題嗎？」

小揭為了尋找線索，開始檢查那些門的時候……

嗚咿——嗚咿——

三臺圓圓的掃地機器人聲響大作的出現在走廊上。

「原來是掃地機器人。」

一臺掃地機器人回應小揭的呼喚：「是的，我們是掃地機器人。」

「你們知道我哥……怪盜小關躲在哪裡嗎？」

「我是負責打掃第一間的機器人。第一間是舞蹈練習室，小關大人不在裡面。」

「第二間是機器人的休息室，我們都在那裡充電。不過小關大人現在不在裡面。」

「第三間是儲藏室，裡面很亂，所以打掃起來很辛苦。小關大人當然不在裡面。」

掃地機器人七嘴八舌的發言，小揭陷入沉思。

「咦！你們身上都有電量顯示，我來瞧瞧，負責第一間的機器人還有百分之八十的電量，第二間則是百分之百，第三間也剩百分之八十……我知道真相了！」

揭曉真相的時刻！

「負責第三間的機器人。」小揭單刀直入的說。

「第三間打掃起來明明很辛苦，為什麼你還剩下跟第一間的掃地機器人幾乎一樣多的電呢？」

負責第三間的掃地機器人被小揭逼問得說不出話來。

「嗶嗶、啵啵。」

「嗯哼，看樣子負責第三間的機器人好像在撒謊。」小揭點點頭。

「至於你為什麼要說謊，只有一個可能性，那就是我哥就躲在第三間！」

小揭毫不遲疑的推開寫著「第三間」的門。

砰！

只見怪盜小關翹著二郎腿，坐在豪華的椅子上，儼然就像是國王一樣。

「真虧你能找到這裡來，小揭。」

「哥！你把其他人怎樣了？大家都沒事吧？」

「呵呵，只要你能解開最後的謎團，我就把他們毫髮無傷的還給你。」

怪盜小關彈了個響指，豪華的椅子後面出現一群機器人軍團。

這場面就像是機器人簇擁著孤獨的國王。

小揭的哥哥已經聽不進去他說的話了。

第37章 偵探與最後的謎團

機器人大軍不斷的湧出來，將小揭團團包圍。

「哈哈！我知道你的弱點了。」怪盜小關仰天大笑。

「我哪有什麼弱點？」

小揭試圖打馬虎眼混過去，但怪盜小關仍然毫不留情的戳破他。

「數學就是你的弱點。」

「那又怎樣！」

「我要出最後一道題了，接招吧！」

怪盜小關誇張的攤開雙臂放話。

「這裡總共有十二臺機器人，分成三根天線的機器人和兩根天線的機器人，頭上的天線加起來一共三十根，請問兩根天線的機器人有幾臺？」

「呃，我想想……」小揭絞緊腦汁的開始計算。

「頭上的天線加起來一共三十根……」

一、二、三……小揭扳著手指頭計算，可惜手指頭根本不夠用。

機器人正一步一步的向小揭靠近。

「既然如此，只好使出最後的手段了。有兩根天線的機器人，一臺、兩臺……啊！不要動。」

小揭指著機器人，機器人大軍不聽話的動來動去，根本沒辦法數。

「哇哈哈！看樣子，你這個名偵探也沒什麼了不起！」

怪盜小關低頭看著小揭，捧腹大笑。

揭曉真相的時刻！

這下子完蛋了！

就在小揭感到暈頭轉向時……

砰！門突然打開。

「大家都沒事吧！」小揭大聲詢問。

桔平、紫菀、目來禮警官和他的部下警員們衝得太猛，一個疊一個的倒成一團。

每個人的衣服都破破爛爛，沾在衣服上的樹葉紛紛飄落。

目來禮警官的帽子也沾滿葉片。

「各位……究竟都經歷了什麼？」

那肯定是就連小揭也推理不出來的大冒險。

「小揭，我想到解開謎團的方法了！」桔平跳起來高喊。

「假設所有的機器人都有三根天線，三乘以十二，需要三十六根天線！」

「啊，對了！如果把三根天線的機器人換成兩根天線的機器人，就會減少一根天線。」

「沒錯！一共只有三十根天線，所以現在需要減少幾根天線呢？」

「謝謝你，桔平。需要減少六根天線，所以有六臺兩根天線的機器人！」

小揭胸有成竹的公布答案。

「可惡，你們是怎麼逃出來的？」怪盜小關氣急敗壞的大喊。

「那可真是費了九牛二虎之力呢！」紫菀說道。

目來禮警官在一旁不住的點頭。

「還以為要死了！真是太可怕了。」

「居然還有蛇！」

「真的嗎？你怎麼不抓住牠！」

想起剛剛的經歷，警員部下們也討論了起來。

「哼！小揭，居然要靠別人幫忙，算什麼名偵探。」

怪盜小關嗤之以鼻的嘲笑他。

「哥……你錯了，所謂的名偵探，就是大家一起努力的成果。」

小揭一步一步的走向怪盜小關。

「名偵探是能仰賴大家力量，彙集大家智慧的人！」

「哼！」

「哥，我想成為那樣的名偵探。」

小揭與怪盜小關互相凝視了好一會兒。

「如果你知道錯了，就不要再把這個世界搞得雞飛狗跳了。」目來禮警官插嘴。

「哼！」怪盜小關一聲冷笑。

「製造謎團是我的生存之道！把世界搞得天翻地覆才是怪盜應有的作為！」

「夠了你，好好反省！」桔平火冒三丈的叫罵。

「就是說啊！要好好反省！」紫菀也斥責怪盜小關。

「什麼？你們以為我會乖乖的反省嗎？」

怪盜小關用一臉不可思議的表情猛搖頭。

「別傻了！事情還沒有結束呢！」

怪盜小關大言不慚的說著，翻動斗篷。

噗咻！

斗篷冒出白煙，怪盜小關的身影消失了。

「哇哈哈！後會有期！」

怪盜仰天長嘯，再次逃之夭夭。

那些失去主人的機器人在不斷冒出來的煙霧裡，眼睛持續閃閃發光。

一個月後——

啪啦啪啦！

熟悉的直升機噪音，又在學校的操場上轟然作響。

「搞什麼，又是那個警官嗎？」

八村老師依舊一臉不勝其擾的抱怨。

「不是警官，是怪盜小關！」

坐在窗邊的桔平看見坐在直升機上的怪盜小關。

「哇哈哈！怪盜小關的密室脫逃城堡今天開幕！」

大量的傳單從直升機上如雪片般飄落。

「我今天是來宣傳的！」

教室裡的學生全跑到窗邊，抬頭仰望正在撒下傳單的直升機。

一張傳單輕飄飄的落在小揭手上……

怪盜小關的
密室脫逃城堡
今天開幕！
你能解開謎題，
逃出小關城嗎？
門票 300 元
人類工作人員
招募中！

童心園 224

邏輯偵探小揭：七大不可思議謎團

名探偵メクル！

作　　者　藤田遼
繪　　者　SANA
譯　　者　緋華璃
總 編 輯　何玉美
責任編輯　施縈亞
封面設計　黃淑雅
內頁設計　連紫吟・曹任華
監　　製　伊丹祐喜(PHP研究所)

出版發行　采實文化事業股份有限公司
行銷企劃　陳佩宜・黃于庭・蔡雨庭・陳豫萱・黃安汝
業務發行　張世明・林踏欣・林坤蓉・王貞玉・張惠屏・吳冠瑩
國際版權　王俐雯・林冠妤
印務採購　曾玉霞
會計行政　王雅蕙・李韶婉・簡佩鈺
法律顧問　第一國際法律事務所　余淑杏律師
電子信箱　acme@acmebook.com.tw
采實官網　www.acmebook.com.tw
采實臉書　www.facebook.com/acmebook

I S B N　978-986-507-679-5
定　　價　300 元
初版一刷　2021 年 2 月
劃撥帳號　50148859
劃撥戶名　采實文化事業股份有限公司
104台北市中山區南京東路二段95號9樓
電話：(02)2511-9798　傳真：(02)2571-3298

國家圖書館出版品預行編目資料

邏輯偵探小揭：七大不可思議謎團 / 藤田遼作 ; SANA 繪 ;
緋華璃譯 . -- 初版 . -- 臺北市 : 采實文化事業股份有限公司,
2022.2
面 ;　公分 . -- (童心園 ; 224)
譯自 : 名探偵メクル！
ISBN 978-986-507-679-5 (平裝)
861.596　　110021627

MEITANTEI MEKURU!
Text copyright © 2020 by Ryo FUJITA
Illustrations by SANA
All rights reserved.
First original Japanese edition published by PHP Institute, Inc.
Traditional Chinese edition copyright © 2022 by ACME Publishing Co., Ltd
Traditional Chinese translation rights arranged with PHP Institute, Inc.
through Keio Cultural Enterprise Co., Ltd.

采實出版集團
ACME PUBLISHING GROUP

版權所有，未經同意不得
重製、轉載、翻印

童心園

童心園

童心園

童心園